fHM
futami
HORROR
×
MYSTERY

パラサイトグリーン

——ある樹木医の記録

有間カオル

Arima Kaoru

イラスト　丹地陽子
デザイン　坂野公一（welle design）

contents

春ノ章　花咲ける病

足の踏み場もないほど隙間なく花が咲き誇っている。

フリルを描く薄い花弁《はなびら》は生暖かい風に揺れ、地平線まで続く。

「なんて気味の悪い花畑……」

ぽろりと言葉が零《こぼ》れた。

美しいはずの景色なのに、どこか空気が禍々《まがまが》しい。

頭上にはペンキを塗ったような青空が広がり、天上というよりも壁のような感じがして、閉塞感に小さく身震いした。

なぜ、自分はこんなうす気味の悪い場所にいるのだろう。

辺りを見回しても誰もいない。

空と花しかない世界で、呆然《ぼうぜん》と立ち尽くす。

どちらに向かって歩いていけばいいのか。

いや、そもそも歩く必要があるのだろうか。

「でも、一生ここに立っているわけにもいかない」

自分を鼓舞するように口にして、一歩足を前に出すと、新たに踏みつぶされた花から青臭くて少し苦みのあるにおいが立ち昇ってくる。

ツンと刺激的な香りは鼻孔を通り過ぎると、なんとも甘く心地よいものに変化し、二歩目を踏み出そうとする足が止まってしまう。

酩酊《めいてい》したようにぐらりと体が揺れ、あっと思う間もなく体が倒れた。

柔らかい花弁に、ふんわりと包まれる。

それがなんとも心地よい。

さっきまで肌を撫《な》でていた不快な風も、いつの間にか清風に変わっていた。

花以外には空しかない寂しい世界にゆっくりと溶けていく。


甘酸っぱい花の香りに呼び起こされて、雨宮芙蓉《あまみやふよう》は目を覚ました。

視界いっぱいに緑が飛び込んできて、一瞬自分がどこにいるのかわからなくなる。

「いつの間に眠ってしまったのだろう……」

背中に感じるオリーブのゴツゴツとした硬さが不思議と気持ちいい。

樹齢百年に近いオリーブの樹は大人でも抱えきれないほど幹が太く、何本もの細い木を纏《まと》めて縒《よ》ったように力強いうねりを描いている。

　土から飛び出ている太い根を椅子代わりにして、いつの間にか眠ってしまったようだ。

簾《すだれ》のように目の前に垂れ下がるオリーブの枝を、腕を伸ばしてそっとのける。

「沈丁花《ジンチョウゲ》……か」

　春の到来を告げる香り高い花。

　比較的寿命の短い木で、粘土質の土壌だと一、二年ほどで枯れてしまう儚《はかな》い花だ。

　存在感をこれでもかと誇示する強い香りも、短命ゆえに誰かの記憶に焼きつけておきたいという叫びなのかも、と想像すると寂しく感じてしまう。

　どこから漂ってくるのだろうと、夢うつつのままぼんやりと庭を見回す。

　昨日降った雨はやわらかに温かく、確実に季節の移り変わりを伝えてきた。

　水分をたっぷり吸った植物たちは、色もにおいも濃い。

　雪柳《ユキヤナギ》が爆発したように真っ白く染まり、花モモの木は、紅や白、桃色の蕾《つぼみ》をつけ、レンギョウの花は陽《ひ》の光を受けて黄金色に輝いている。

　息吹の目覚め、春の到来。

　庭が活気づいている。

　真冬に芽吹くものや花を咲かせる植物もたくさん存在している。

　だけれども、やはり命の芽吹きを強く感じるのは春先なのだ。

現に今、庭には色鮮やかな花が咲き誇っている。

「……春だな」

口にするとなぜか憂鬱な気分になり、芙蓉はオリーブの樹にぐったりと体重を預け、春風に揺れる雪柳をぼんやりと見つめた。

まだ、完全に目が覚めていないのか。

今日終わらせなければならない作業を頭の中で整理しようとするのに、霞《かすみ》がかかったようにちっとも集中できずにいる。

だから春は罪作りなのだ。

春眠《しゅんみん》暁《あかつき》を覚えず、と芙蓉は心の中で呟《つぶや》き再び目を閉じた。

こうしていると幼い頃を思い出す。


ここは秘密の王国。

芙蓉が作った、芙蓉だけの秘密の王国。唯一、心から安らげる場所。

芙蓉はここに座って、季節と一緒に変わっていく植物の姿と香りを何時間も楽しんでいる子どもだった。

肌を溶かすような真夏の熱風も、切り裂くような真冬の凍風《いてかぜ》も、オリーブの樹の下ではささいなことだった。

樹齢百年のオリーブの樹は、この王国の守護神だ。

いつぞやの父とのやりとりが蘇《よみがえ》る。

——芙蓉、また、ここにいたのか。

父親が視界に入ったとたん、王国は家の庭兼仕事場に戻ってしまった。

父は作業着姿で水筒を下げていた。

——これから××植物園に行くんだが、一緒に来るか?

——お留守番している。今日は蔓《つる》バラがいろいろなお話をしてくれるから。

芙蓉は即答する。父が蔓バラに視線を向けてうなずく。

——ずいぶんと元気になったな。治療が効いたんだ。あんなに花をつけている。

——もう大丈夫だって言っているよ。

父は目を細めて芙蓉を見つめる。

——お前もいい樹木医になるな。

近づいて、そっと娘の頭を撫でた。

——俺たちは代々植物に食わせてもらっていたんだ。

植物を守り、植物に守られて生きてきた。

——でも、わかっているね。

芙蓉の頭に優しく手を置いたまま、父は少しだけ厳しい顔をする。

――幼稚園のお友だちや……他の人には言ってはいけないよ。これはお父さんと芙蓉だけの秘密だ。


父にも内緒にしていた王国。今では、自分が独り占めだ。

芙蓉が樹木医として働き始めた頃から、父は仕事でほとんど家に帰らなくなった。お陰でまさしく王様のように自由に家も庭も好きにいじることができる。

今日のように、想像力を目一杯羽ばたかせて、のんびりと王国を楽しむことができるのだ。

だけどもう、お伽話《とぎばなし》を信じている子どもではない。

ここは王国ではなく、自宅の庭で、かつ仕事場だということもちゃんとわかっている。

それでも一番居心地のいい場所であることは変わらない。


視界から緑が消え、代わりに敏感になった聴覚が風のざわめきとは違う音をとらえ、芙蓉は思い出から戻って瞼《まぶた》を開く。

カサカサと葉擦れの音がして、クマササの輝くような黄緑色の葉が震えた。

猫でも侵入してきたのかと顔を向ければ、現れたのは上品なシャネルスーツを着こなした四十歳ぐらいの女性だった。

うっかり鉢合わせしてしまった野生動物のように、お互い驚愕《きょうがく》と警戒の目で数秒見つめ合う。

白いツイード生地を黒で縁取りしたスーツは緑と土の世界に異様なほど浮いていて、街中で出会ったのならお洒落《しゃれ》なご婦人として目に映っただろうが、ここでは凶悪な異物にしか見えなかった。

芙蓉はアメリカシロヒトリの幼虫を連想した。

白い体と毛に黒の斑点を持ち、いろいろな樹木の葉を食らう。成虫すると真っ白な羽と毛を持った蛾《が》になる。繁殖力が強くて、なかなかやっかいな害虫だ。

去年の六月、近くの桜並木で幼虫が発見されて駆除に駆り出されたことをぼんやりと思い出す。

「あの……」

先に口を開いたのは女性だった。

やや訝《いぶか》りながら芙蓉に尋ねる。不安気に口元に添えられた左手の薬指には大きなダイヤのついた金の指輪。威圧するように輝いている。

「朝比奈《あさひな》先生に雨宮先生をご紹介いただいた小森《こもり》と申します。こちらの住所を訪ねればよいと伺って。雨宮……先生でいらっしゃいますか？」

朝比奈という名前を耳にして、芙蓉は顔を顰《しか》めた。

あの男……、また事前連絡を忘れて、あるいは故意にすっ飛ばして患者を横流しにしたのだ。

まったく頭に来る。込み上げる怒りを押しとどめて尋ねる。

「朝比奈というのは、国立国際医療研究センター病院の心療内科医、朝比奈匡助《きょうすけ》……先生のことですか？」

「ええ、そうです。あなたが雨宮先生ですね。それで、その……」

途中から徐々に女性の声に戸惑いがにじむ。

「……あの何科のお医者様で？」

芙蓉には彼女の気持ちが手に取るようにわかった。

またかとため息をつきたくなる。これが初めてじゃない。

頭の中で朝比奈の顔を思い浮かべ、左頰に右ストレートパンチを繰り出した。

あの男は研究に直接関係のないことをぞんざいに扱い過ぎる。どうせ今回も、ろくな説明もせずに、芙蓉を紹介したのだろう。

大丈夫だからと適当に相手を安心させるようなことを並べ立てて、さっさと追い出したのに違いない。

藁《わら》にも縋《すが》る気持ちでやって来たのに、目的の人物は朝比奈よりも一回りも下の齢《よわい》二十七の若い女。

老齢の、とまでは言わないにしても、ベテラン医師を想像して来た彼女を精一杯落胆させたに違いない。

しかも、その人物は土や樹液の染みがこびりついた作業着姿で、化け物のように大きくなったオリーブの樹の下に、泥まみれになって横たわっていたのだ。

さらに戸惑い落胆させることを口にする。

「医者は医者ですけど、植物の……ね」

相手が絶句して立ち竦《すく》む。

「え……、それって、どういう意味ですか？」

彼女はヒールを土にめり込ませながら、芙蓉のもとへ一歩近づく。

沈丁花の香りに、バニラに似た甘い香りが混じる。

彼女が身に纏っている香水の香りだろう。

ますます異端者としての存在感が強くなる。

「どういう意味もなにも、そのままの意味です。私は植物の医者、樹木医です」

「樹木医……」

女性は木の虚《うろ》のように口をポカンと開く。

芙蓉はゆっくりと立ち上がった。

「お茶を淹《い》れますから、詳しいお話を聞かせてください」


二階建ての小さな家の中は、庭と同じく植物と土の匂いで満ちていた。

各部屋はもちろん、玄関から廊下、洗面所に至るまで鉢植えが所狭しと並び、壁には蔓植物が這《は》っている。

植物と虫は切っても切れない仲だ。

床の上を行進する蟻《あり》、宙を舞う色鮮やかな蝶《ちょう》。

庭が家まで侵蝕《しんしょく》している。いや、一体化していると言うべきか。

一応壁はあるものの、なんだか境界線が曖昧だ。

とくにこのリビングは庭に面したガラス戸が開く仕組みになっていて、気候のよい日はまさしく庭と一体化する。

壁のないリビングやキッチンは、バリ島のヴィラなどによくある造りだ。

四方を完全に壁に囲むようなことはしない。

今日はガラス戸を閉め切っているが、庭が見渡せてなんとも開放的な雰囲気だ。

泥と樹液が染みついた作業着から、シンプルな白いシャツとコットンパンツに着替えた芙蓉はポットにお茶を淹れて戻ってくる。

緊張しているのか、部屋を這う虫たちに怯《おび》えているのか、小森夫人は青白い顔のままお茶がカップに注がれているのをやや焦点が合わない目で見ている。

テーブルの隅ではアゲハチョウが艶《あで》やかな羽を休ませていた。

芙蓉は蝶に気をとめることなく、黄金色のハーブティーが入ったガラスポットとカップを置いた。

蝶のほうも慣れているのか、勝手知ったる様子で逃げようともしない。

「どうぞ」

芙蓉がカップを小森夫人の前にそっと滑らせた。

「……ありがとうございます」

怯えた様子で植物や虫に視線を這わしていた夫人の目がカップに落ち着いた。

ずっとこの家で育ってきた芙蓉には母親に抱かれているかのように安らぐ場所でも、たいていの人にとっては違うらしい。

幼い頃に母親を失い、父親と植物に育てられてきた芙蓉にとっては、家も庭もまさしく母の胸の中のようなものだ。

カップからフワフワと微《かす》かに甘いお茶の香りが立ち上がる。

夫人はカップに手を添えたが持ち上げることはせず、視線をお茶に落としたまま沈黙を続けた。

芙蓉も彼女に声をかけることをせず、カップをそっと口元に運ぶ。

まるで部屋に自分ひとりしかいないかのように、時々蝶を目で追いながらマイペースでお茶を味わっていた。

長い沈黙に痺《しび》れを切らしたのは小森夫人のほうだった。

「てっきり、精神科のお医者様をご紹介いただいたのだと思いましたわ。まさか植物のお医者様だったなんて」

胸の内にある混乱を素直に声に含ませて、小森夫人が芙蓉を見つめる。

「私は問診といいますか、植物側の診断をするだけです。あとは朝比奈先生か、誰かにバトンタッチしますよ」

たぶん、と最後の一言を飲み込んで告げると、あからさまに小森夫人が安堵《あんど》の表情を浮かべた。

「そうですよね。奇妙なことですもの。自分でもなにを言っているかわからなくなるぐらい。いろいろな方に判断していただくのは、とてもいいことだわ」

小森夫人は自分自身を説得するように言葉を並べてから、また沈黙した。

肝心なことをなかなか話さないでいる夫人にいらだちを感じないでもないが、芙蓉は促すようなことはせず、手の中にあるお茶と部屋を伝う蔦《つた》を眺めて時間を潰す。

「……最初はたわいない悪戯だと思いました」

芙蓉のお茶が半分になった頃、小森夫人が金色のお茶をのぞきこみながら、ようやく語り始めた。

「家の中に白い小さな花が落ちていたのです」

小さな声の中に、まだ消えぬ戸惑いが見え隠れする。

「娘がどこからか花を摘んできて、家のあちこちに振りまいているんだと。娘の反抗期の一端かと」

「ご息女は反抗期なのですか？」

芙蓉の質問に、夫人は一瞬狼狽《うろた》える。

「十七歳ですから……そういう時期なのかもしれません。親や社会に、いろいろなものに反抗したくなるのでしょう」

私もそうでしたと、さらに小さい声で付け加え、誤魔化すようにカップを持ち上げ、お茶を口に含んだ。

なんだか仕草が芝居がかっているな、と感じる。

娘に戸惑いながらも心配する母親を一生懸命演じている印象を受けた。

「美味しいお茶ね」

ほぅっと小さく感嘆のため息も、女優が美しくお茶を飲むシーンのようだ。

「ありがとうございます」

「なんのお茶かしら?」

「カモミールティーです。リラックスできますよ」

温かいお茶が体の中に入ったせいか、夫人の顔色に少しだけ赤みが増す。

小森夫人は視線を落としてから続ける。

「体から花が芽吹いて口から零れてしまった、なんて言うのです。花を吐くなんて、そんな馬鹿な話が」

小森夫人が深く息を吐いて頭を左右に振った。

「でも、娘の口から花が落ちるのを見てしまいました。たまたまです。娘が庭にいる時に、口から花を零したのです。手品のように、タネを仕込んでいた可能性も考えました。だけど、娘は私が見ていたとは気づかなかったはず。それに最近、娘の体調が悪いのも事実なんです。半年ほど、学校を休んでいます。引きこもり……っていうんですか。ほとんど外出もせずに。ちょうど、家に花が落ちているのを見つけた頃ですわ」

本当に心配で、心配で。娘を救ってくれるのなら、なんだってしますわ、と言った夫人の様子は本当に演技臭かった。

「それで心療内科の朝比奈先生のところへ?」

「だって人間の体から花が咲くなんて信じられないでしょう」

同意を求めるように上半身を芙蓉のほうへ乗り出す。

「反抗期をひどく拗《こじ》らせて、花を吐くふりをするなんて、よほど精神が……。そのために体調も悪くなったのかと」

芙蓉は事務的に言い放つ。

「Parasitic《パラサイティック》 plant《プラント》 disease《デイジーズ》」

「え？」

「寄生植物病」

芙蓉はもう一口お茶で喉を温めて続ける。

「植物に寄生される病」

「植物が……人間に寄生」

夫人が眉間にしわを寄せて聞き返す。

「ええ。植物が人間に寄生するのです」

芙蓉はカップに残ったお茶を一気に飲み干す。

「私たちはボタニカル病と呼んでいますけど」

「ボタニカル……病？」

ボタニカル。

意味は〝植物の、植物性の、植物学の〟。

植物が人間を侵す。

そんなことがあっていいのか。

戸惑いを見せる夫人に、空になったカップをソーサーに置いた芙蓉が告げる。

「仮病にせよ、真実にせよ、直接会ってみなくてはわかりません。ですから、ご息女に会いに行きましょうか」

「えっ、今からですか？」

あからさまに夫人が狼狽《ろうばい》した。

「ええ、今は午後三時。夕餉《ゆうげ》の時間まで、まだ間があるでしょう。お嬢さんは今もご自宅に？」

「ええ、まあ、そうですけど……」

芙蓉はなんとなく彼女が好きになれなかった。

「ボタニカル病の診断は本来の仕事ではないので、できれば早めに終わらせたいのです」

芙蓉の事務的なセリフに、小森夫人はポカンと口を開けた。

「早急な解決を望んでいないのなら止めますが」

「いえ。いいえ」

小森夫人は我に返って激しく頭を振る。

「私は早急な解決を望んでいます。家は散らかっていますが、ぜひお越しください」

小森家は大きな戸建て住宅が並ぶ郊外の高級住宅地にあった。

タクシーが小森と大きな表札が掛けられた門の前で停車する。立派な洋風の邸宅は目を見張るものがあった。

「どうぞ」

大きな玄関扉を開けて、小森夫人が芙蓉を促す。

玄関に足を踏み入れると、人工的なアロマの香りが鼻を突いた。

天井まで届く全面鏡扉の靴棚に映った自分の姿が一瞬歪《ゆが》んだ気がして、芙蓉がギョッと足を竦ませた。

何度か瞬きしている間に、小森夫人がシェニール織の華やかな刺繍《ししゅう》が施されたスリッパを芙蓉の前に並べた。

「こちらです。娘の部屋は二階の奥です」

芙蓉は我に返り、急いでスリッパに足を通すと広い廊下の先に伸びる階段を上る小森夫人について行く。

「まずは二人きりでお話をさせていただけませんか？」

階段の途中で足を止め、小森夫人が振り返った。表情には不安と拒否が浮かんでいた。

断られるかと思ったが、彼女はなにも言わずに渋々うなずいた。

「わかりました」

それさえ、どこか演技的に見えた。

小森夫人は奥の部屋の扉をノックする。

「瑠香《るか》ちゃん。お医者様がいらっしゃったの」

扉の向こうに返答はない。

「きっと、瑠香ちゃんの助けになってくれると思うの。お医者様は二人きりでお話ししたいとおっしゃっているのだけど」

小森夫人が助けを求めるように芙蓉の顔を見る。

それを受けて、芙蓉は自ら扉をノックした。

「雨宮芙蓉と申します。お話を聞かせてくれませんか」

ほんの少し間があってから小さな声で返答があった。

「どうぞ」

小さな鈴が震えたような、愛らしく頼りなげな声だった。

小森夫人はよろしくお願いしますと頭を下げて一階に降りて行った。

芙蓉はそっとドアを開ける。

部屋に一歩、足を踏み入れた瞬間、水の匂いと感触を感じた。

肌を撫でる冷たい圧迫感。

そして、この香り。

ツンと胸を刺激する青いにおい……。

ベッドに腰を掛けた少女と目が合った。

——間違いない、彼女は植物に憑《つ》かれている。

少女は緊張した猫のようにスッと背筋を伸ばした。真っ直ぐに芙蓉を見つめている姿はいかにも育ちのいいお嬢さんの雰囲気を醸し出し、芍薬《シャクヤク》のように美しかった。

「初めまして。雨宮と申します」

芙蓉が名乗ると、少女は音もなくベッドから立ち上がって礼儀正しく頭を下げた。その動作は美しく落ち着いている様子だが、少女の瞳には動揺が見え隠れしていた。

突然、芙蓉がやって来たから……だけではなさそうだ。

「小森瑠香です」

「瑠香ちゃん、と呼んでもいいかな？」

瑠香は腰まである長い黒髪を揺らしながら優雅に微笑む。

「ご覧のとおり、この部屋にはソファがないの」

だからベッドがソファ替わりなのだと言うように瑠香は再びベッドに腰を下ろし、目線で隣に座るよう芙蓉に促す。

読書中だったのか、彼女のすぐ脇には文庫本が置いてあった。

促されるまま瑠香の隣に座って、改めて少女を観察する。

部屋にこもっているからといって、服装に無頓着というわけではない。シンプルな白いブラウスに白いフレアスカート、首にはピンク色のひと粒真珠が揺れるネックレスを下げている。

腰まで届く長い髪が、日焼けとは無縁の白い肌をより白く美しく見せる。

切れ長の涼しげな目元、スッと通った鼻筋、形の良い桃色の唇。

造形の美しさだけでなく、内側からも大切にされている雰囲気が醸し出す、まさに深窓の令嬢という言葉がピッタリとくる少女だ。

それにしても……。

芙蓉は瑠香の部屋を見回す。

この部屋は、静謐《せいひつ》な水の底のよう。

無理やり子どもを捨てて大人っぽくふるまう主人のように、違和感を覚えるほどの上品さと質素さが支配していた。

クローゼットに勉強机、ベッド。

高級住宅地に建つ邸宅にふさわしく、十七歳が持つには高級な家具が配置されているが、それ自体は珍しくない。

だが家具は買ったばかりのように、なんの飾りもない。

女子高生なら好きなタレントやキャラクターのシールやポスター、チャームが飾ってありそうなのに。

机の上も整理整頓され、というよりも必要最小限しか物がない。

教科書、辞書、数冊の小説だけが並び、マンガや雑誌は一冊もない。

この歳《とし》の女の子ならファッション雑誌やコスメ雑貨、ぬいぐるみやキャラクターものなどで溢《あふ》れていると思うのに。

唯一の装飾品といえば、ベッド側の壁に掛けてあるジョン・エヴァレット・ミレイ作『オフィーリア』の絵画だった。

シェイクスピアの四大悲劇と称される『ハムレット』に出てくる女性の最期を描いた有名な絵だ。

悲劇の美少女は芸術家の魂を刺激するのか、他にもオフィーリアを描いた絵画はたくさん存在するが、その中でもミレイのオフィーリアが有名になったのは、他の作品から頭ひとつ秀でているものがあったからだろう。

小川に仰向けで花と一緒に浮かぶ美しいオフィーリア。

虚《うつ》ろな目、何かを言いかけたような半開きの口。

生きているのか死んでいるのかわからない、婚約者に父を殺され気がふれてしまった美しい少女。

この絵だけが部屋の中で、浮き出るように色鮮やかだ。

「雨宮さんは精神科のお医者様ですか？」

瑠香が小首を傾《かし》げて可愛らしく問う。

「違います」

芙蓉がすぐに否定すると、瑠香は目を大きくした。

「では、カウンセラーとか？」

「いいえ」

さらに否定すれば、ますます瑠香が戸惑いを見せる。

「……お医者様ではないの？」

疑うように芙蓉の顔をのぞきこむ。

「医者ですよ。でも、人間ではなく、植物のね」

「植物……のお医者様？」

瑠香が目を大きくする。

「樹木医といいます。植物だって元気がなくなったり、病気になったりするでしょう。それを治療するのが私の仕事」

瑠香が目を大きくしたままパチパチと瞬きする。

それから、ふと表情を緩めて微笑む。

「では、私が花を吐くというのを信じてくださったのですね」

今度は芙蓉が目を丸くする番だった。

「どういうこと？」

「だって、花を吐くなんて手品か、そうでなければファンタジー小説や映画の中の話だと思いませんか？」

口元に手を当てて、瑠香が上品に笑う。

「親だって、私がトリックを使って悪戯していると疑っている。いえ、もう疑っていました、になったのかしら。それとも、私が吐き出した花が本物の花か雨宮さんに鑑定してもらいたいとか？」

ずいぶんと自分の立場を客観的、冷静に見ている。

とても十七歳とは思えない成熟さに、芙蓉は言葉を失う。

「信じられないですよね。花を吐くなんて」

「親の前で花を吐いたことは？」

「ありますよ。でも、口からトランプのカードを何枚も出す手品と同じだと思ったんでしょうね。だって、こんな病気ありえませんよね」

「ありえますよ」

芙蓉は即答する。

「本当に！　私以外にも花を吐く人がいるの⁉」

驚いた瑠香の顔はさっきまで纏っていた大人っぽさが消えて、十七歳らしい幼さと愛らしさが浮かび、芙蓉の頬を緩ませる。

こちらの瑠香が本当の姿なのだろうか。

自分の身に起きた奇妙な現象、それを信じてもらえないこと。その不安や悲しみをずっとひとりで抑え込んでいたのかもしれない。どんなに大人びていようと、彼女はまだ十七歳なのだ。

芙蓉と出会ったことで、少しでも彼女の不安な気持ちがなくなればいい。

そう思った時、瑠香が右手を鳩尾《みぞおち》に、左手を口元に持っていき体を丸めた。

具合でも悪いのかと、慌てて瑠香の顔をのぞき込む。

「瑠香ちゃん？」

「……コホッ」

瑠香が咳《せ》き込んだ。

「大丈夫？」

芙蓉は瑠香の背中をさすった。

瑠香はコホコホと可愛らしい咳《せき》をくり返す。

「瑠香ちゃん？」

「……大丈夫……です」

ようやく咳が収まった瑠香が顔を上げた。

同時に口元を離れた左手から、小指の先ほどの大きさの白い真珠のような蕾が零れ落ちる。

十数個の蕾は瑠香のスカートや床の上で、恥じらうように膨らみ、真珠の珠《たま》から五つの白い花弁に変化した。

「これは……白梅？」

開花した花を見て、芙蓉が息を飲む。

手を当てていた瑠香の背中が一瞬ビクッと震えた。

それに違和感を覚える前に瑠香が口を開く。

「ええ、梅の花です」

瑠香は強調するようにくり返した。

「それは確かに梅の花です」

まだ瑞々《みずみず》しい梅の花を、芙蓉は顔を近づけてジッと睨《にら》みつける。

「これ、いただいても？」

「え？」

瑠香が飛び上がるように背筋を伸ばした。

「こんなものがなにかの役に立つんですか？」

芙蓉は床に落ちていた梅の花をひとつ摘まみ上げた。

「ええ。サンプルとしてとても貴重なもの。そもそも、この病にかかっている人が希少だから」

瑠香はスカートの上の蕾や花をそっと摘まみ取り、左手のひらにのせ差し出す。

「どうぞ。なにか入れ物があったほうがいいですか？」

「ありがとう。入れ物は持ってきているから」

芙蓉は足下に置いたバッグから水の入ったガラス瓶を取りだし、受け取った蕾や花を丁寧に浮かべた。

念のため瓶を持ってきていてよかったと、芙蓉はこんなにすぐに彼女の病状を目にできたことや、サンプルが手に入ったことを幸運に思う。

貴重なサンプル、優雅にたゆたう花たちをうっとりと眺める。

「それで……その、治療って除草剤でも飲むのですか？」

少し怯えながら問いかける瑠香の声に、芙蓉は我に返った。

「まさか！」

きっぱりと芙蓉が否定する。

「じゃあ、どうやって治すのですか？」

素朴な疑問に、芙蓉は姿勢を正す。

「最初に言っておきます。治せるかどうかは、わかりません」

嘘《うそ》は言わない。芙蓉の矜持《きょうじ》だ。

「治療できない人たちもいます。今現在わかっている事例を見ると、治療できない人のほうが多いと思います。なにしろ、まだよくわかっていない病だから」

「では、今まで雨宮さんが診てきた患者は……」

不安ではなく、むしろホッとしたような瑠香の表情に違和感を覚えながらも、芙蓉は正直に答える。

「今まで、たくさんの……いえ、たくさんと言っていいのかわからない。もともとの母数《パイ》がわからないので。私が診た患者はそのうちの何パーセントか。それはわかりません。でも、植物に憑依《ひょうい》された人たちを診てきたわ」

「植物に憑依？」

不気味な響きに瑠香が眉を顰《ひそ》める。

「ごめんなさい。気味が悪い言い方よね」

芙蓉は訂正しながら、憑依という言葉を選んだことに自分自身戸惑いを覚えた。

あまりにも自然に口から出てきたのはなぜだろう？

内なる疑問を誤魔化すように、コホンと小さく咳をして訂正する。

「もっと医学的に言えば、植物に寄生された患者」

「寄生……」

瑠香がさらに眉間のしわを深くした。

憑依も寄生もイメージ的にはあまり変わりないか、と芙蓉は苦笑した。

「寄生植物病、植物共存病、Parasitic plant disease」

芙蓉は一度息を吸う。

「私たちはボタニカル病と呼んでいます。それも暫定的に決めたニックネームのようなもの。まだ、名前も統一されていない奇病。そもそも、植物に寄生されたと思われる患者が同じ病なのかもわからない。現象はそれぞれ違うので」

毛髪の先から芽を出す、胸に花が咲く、ずっとある植物が視界の端に映る、皮膚に蔦が這うなど、様々な病状を現す患者に会ってきた。

「そうですか」

瑠香は小さくうなずく。

奇病と聞かされても、治らない事例が多いことを知っても、瑠香は絶望することも、動揺することもなく、自分に起きた現象に名前があることに安心したのか、穏やかな表情だった。

逆に芙蓉の心は、少女の達観した様子にざわめく。

「さっきは治療が難しいと言ったけど、完治が難しいのであって、現象が軽くなったり、生活に支障がでないようにしたりと治療の効果はわりとみえるパターンが多いの」

希望を持たせるセリフにも瑠香は特に喜びを見せない。

「私以外に花を吐く患者に会ったことは？」

それでも自分の病気に無関心なわけではないようだ。

「花を吐く患者に会ったのは、瑠香ちゃんのほかに一人だけよ」

「たった一人？」

「もともと患者が少ない病だし。その人は大きな百合《ユリ》の花を、とても苦しそうに吐き出していたわ。その患者は完治したと言っていいと思う。今はまったく百合を吐くことはなくなったので。瑠香ちゃんは、苦しくないの？」

瑠香は柔らかく首を振る。

「苦しさはまったくありません。なんて言ったらいいのかわからないけれど……、花は体の中というより、唇のすぐ内側から生まれる感覚なのです」

瑠香は胸に両手を当てて続ける。

「自分ではコントロールできないのだけれど、感情が高ぶって胸が熱くなると、その熱がゆっくりと喉を伝わって咳になるの。咳と一緒に熱が口から零れた瞬間、蕾に変化する感じ」

「なるほど」

芙蓉は首を傾げる。

「まるで言葉みたいね」

「言葉……」

瑠香が感銘を受けたように瞳を輝かせて息を飲んだ。

「そう、言葉……みたいですね」

どこかうっとりと熱を帯びた表情で、瑠香は芙蓉の手の中にあるガラス瓶を見つめた。

「瑠香ちゃん？」

呼びかけられ、瑠香は一瞬狼狽した表情を見せて、誤魔化すように質問をする。

「雨宮さんが診た患者は治療できた人が多いのですか？」

瑠香の問いに、芙蓉はしばらく考える。

「治療できた人も、できなかった人も、できたのかできなかったのかわからない人もいる。でも、彼らは健常者のように日常生活を送っているわ」

過去の患者たちを思い出すと、いつも頭の隅が痛む。

記憶を引き出す痛みというのか。神経の糸を引っ張られるような。

特に悲しい記憶や後悔を伴うような経験はないはずなのに。

ガラス瓶の中で白梅が揺れる。迷う心を表すように。

「正直、わからない。わからないことだらけなの」

瑠香がクスリと笑う。

「まるで人生ですね」

達観した大人びた笑みに、芙蓉の胸がキュッと締め付けられる。

どうしてそんなに早く大人になろうとしているのか。

「雨宮さんは正直ですね。治せないとか、わからないとか」

医者にそんなことを言われたら、たいていの患者は不安に怯えてしまう。

しかし、不治かもしれない病に侵されている彼女には、悲愴《ひそう》感どころか不安も怯えもなく、無邪気に笑っている。

「……嘘をついてもしかたがないもの」

自分の無力は恥じても、隠すようなことはしない。したくない。

「患者を不安にさせるかもしれないけれど、私は嘘をつかない」

植物が嘘をつかないように。

瑠香がふんわりと泣きそうに微笑む。

「私は嘘をつくかも」

「えっ」

虚を突かれて芙蓉は固まる。

瑠香は部屋をぐるりと見まわす。

「この家の中は嘘だらけ」

「嘘？」

「そう、嘘」

一瞬、寂しげな表情を浮かべた。

「私も嘘だらけ……。みんな嘘つきだから」

「それは……」

どういう意味と問う前に、瑠香が姿勢を正してきっぱりと言った。

「雨宮さん、治療は結構です」

「へ？」

思わず気の抜けた変な声が出た。

「この病気を治したくないんです」

芙蓉はたっぷり十秒間唖然《あぜん》とした。

「そ、それは実は嘘……なんて」

瑠香がクスクスと可愛らしく笑う。

「これは本心です。信じてください」

なぜ治療を拒むのか。治療に不安を感じているなら、取り除かなければ。

「本当に除草剤を飲むようなことはないわ。それに人体実験なんてことも。得たデータは永久保存し今後の医療に活用させてもらうかもしれないけれど、ちゃんと個人情報は削除するし」

瑠香は小さく首を横に振る。

「治療が怖いわけじゃないです。注射で泣くような歳でもないし」

「じゃあ、なぜ？」

「日常生活には支障がありませんし」

「……でも、病気のせいで外出ができなくなって、学校にも行けなくなったのでしょう。それは辛《つら》くないの？」

「外に……出られないわけじゃないの。マスクをしていれば、花を吐き出してもなんとかなりますから。万が一、病気が誰かに見つかったとしても、私は構いません。でも、親が嫌がっているから」

彼女の意思ではなく、親の意思で家に閉じ込められているというのか。娘の病気を知られたくないから？

だとしたら、あんまりだ。

そう言いたい気持ちをグッと我慢して、芙蓉は瑠香の言葉を待つ。

「それに、実はこっそり夜に近所を散歩したりしています。ずっと家にいたら息が詰まるし、運動不足になっちゃうから」

「夜に⁉　女の子ひとりで危ないじゃない。お母さんたちはなにも言わないの？」

瑠香が困ったような笑顔を見せる。

「親は仕事でいなかったり、遅かったりが多いの。それに、私はアメリカに留学していることになっているから、友だちとか知り合いに会うとまずいの」

「留学？」

「そう。引きこもりなんて世間体が悪いでしょ。特に母はカリスマ主婦なんて持ち上げられて、本を書いたり講演をしたりしているのに」

「あ、え、有名な方なの？」

焦《あせ》る芙蓉の姿に瑠香が小さく笑う。

「料理とかテーブルコーディネイトとか収納術とか、そんなことを教えているみたいです」

「私、家庭的なこと苦手だから、そういうの興味がなくて。その、ごめんなさい」

「気にしないでください。母は嘘を本当にするために、顔を合わせれば留学を勧めてくるの。そろそろ本当に日本を追い出されるかも」

「それでも治療は……したくないの？」

淡々と語っていた瑠香の表情が曇る。

「白い梅の花は私を慰めてくれるんです。この花がなくなったら心が挫《くじ》けてしまう」

瑠香が芙蓉の持つガラス瓶を見つめる。

「さっき、雨宮さんはこの花を言葉みたいとおっしゃいましたよね。だとしたら、これは私自身を慰める言葉なのかもしれません。だから、ずっと花を咲かせていたい」

瑠香は芙蓉の手の中にある白い花を見つめる。

「父も母も、あまりこの家には帰ってきません。それぞれ別に愛する人が待つ家があるから。でもフェイスブックではとても仲のいい夫婦、いいえ、仲のいい家族ですよ」

こんなに立派な家、可愛い子どもがいるのに。

嘘だらけって、そういうことだったのか。

芙蓉はどんな言葉をかけていいのかわからず、切なさと一緒にきゅっと唇を噛《か》む。

「昔は本当に仲のいい家族でした。母は梅が好きで、毎年家族で花見に行きました。普通は桜だけど、うちは梅を見に行ったの。梅の花を見ると、懐かしくて幸せな気分になります。最後に花見をしたのは、もう十年前になるかな」

ふたりはしばし沈黙する。

花が瑠香を慰める言葉だとしても、やはり治療を受けて欲しいと芙蓉は思う。病気は病気なのだ。生活に支障がないと瑠香は言うが、自由に外出できないということがすでに障害となっている。

芙蓉は関節が錆《さ》びたかのように体をぎこちなく動かして、バッグから名刺入れを取り出した。

「一度、ここを訪ねて検査を受けて欲しいの」

瑠香は素直に名刺を受け取り、書かれた文字を目で追う。

「国立国際医療研究センター病院の心療内科医、朝比奈匡助?」

「瑠香ちゃんのお母さんに私を紹介した人。日本で唯一といってもいいボタニカル病の研究者なの。いただいた花は私が調べさせてもらうけど、人間の体はさすがに専門外だから」

芙蓉はもう一枚、自分の名刺を取り出す。

「日常生活には支障ないと言ったけど、今後どうなるかわからないし、正直どうなるか私にもわからない。生命に危険があるかもしれない。受けたくない検査は無理に受けなくてもいいし、女医でなければ嫌というならそうできるよう手配する。会ったことのない朝比奈……先生には言いにくいだろうから、私に連絡をくれれば必ず希望を伝えるから」

「心配してくださって、ありがとうございます」

芙蓉と朝比奈の名刺を宝物のように丁寧に本に挟んで、瑠香は姿勢を正す。

「でも、大丈夫です。私は花がそばにある限り幸せですから。これは幸せな家族の象徴なのだから」

「植物は嘘をつかない」

オリーブの樹の下で父が言う。

緑の香り濃い庭は、時々芙蓉のための学校にもなる。

「いつだって植物は本当のことしか言わないだろう」

「うん」

芙蓉は大きくうなずいた。

「彼らは自分の欲望に忠実で真っ直ぐだ。とても清々《すがすが》しい。そして、優しい」

父は手の中にある、鉢植えの椿《ツバキ》を見つめながら呟いた。

深紅の椿は幾重にも花弁が重なって、まるで薔薇《バラ》のように華やかで美しかった。

「これ、椿？」

花を指さす芙蓉に、父は丁寧に説明する。

「完全八重咲きの椿だよ。この庭にある椿とは違って見えるかもしれないが一緒だよ。ほら、葉っぱが一緒だろ」

つるんと光沢のある深緑の葉を指先で撫でる。

「花ができる過程を覚えているかい？」

父の質問に芙蓉は記憶を巡らす。

「萼《がく》ができて、花弁ができて、それから雄蕊《おしべ》と雌蕊《めしべ》ができる」

「そのとおり」

よくできましたと、父の荒れた大きな手が芙蓉の頭を撫でる。

「本来は雄蕊や雌蕊になるはずのものが花弁になってしまうんだ。そのまま、ずっと雄蕊や雌蕊にならずに次々と花弁を作ってしまう。それが完全八重咲きと言う。この椿もそうなんだ。見てごらん」

父は椿の花を芙蓉に近寄せる。

「花弁ばかりで雄蕊、雌蕊がないだろう。この花は受粉できない。つまり子孫を残せないんだ」

子孫を残すことよりも美しくあることを追求した花。

「だけどね、子孫を残さなくてはと判断すると、元の五枚の花弁に戻ってちゃんと受粉したりするんだよ。植物の変化は人間よりもずっと早い。環境や状況に合わせてどんどん進化していく。古い価値観に縛られている人間なんかよりも、ずっと自由で優秀だ」

芙蓉が目を輝かせる。

「すごいね。植物って、いろんなことができるんだね」

「そうだよ」

「芙蓉も大きくなったら、お父さんみたいな植物のお医者さんになる」

「じゃあ、たくさん勉強しないとな」


コンコンと強くドアをノックする音で芙蓉は目を覚ます。

日に焼けた紙と薬品のにおいがする部屋。

「おはよう、と言うには遅い時間かな」

ドアの前に白衣を着た男が腕時計を見ながら立っていた。

「熟睡できたようでなにより」

この研究室の主、朝比奈匡助が苦笑する。

芙蓉はアメーバのようにぐったりと身を預けていたソファの背もたれから背中をはがし、髪を整えながら恨みがましく呟く。

「せっかくいい夢を見ていたのに」

朝比奈が一瞬表情を消し、それから寂しげな笑みを浮かべる。

「……いい夢なら、いつも見ているじゃないか」

「は？」

寝ていたことへの嫌味だろうか。

芙蓉はフンと鼻を鳴らした。

「待ちぼうけを食わせるほうが悪い」

小森瑠香のことを報告するために、アポイントメントはちゃんととったのだ。

なのに三十分待っても朝比奈は現れず、いつの間にか眠ってしまっていた。

「悪かったね。急な会議が入ってしまって」

朝比奈は部屋を横切り、持っていたファイルをデスクの上に置く。

「そのソファの寝心地はどうだい？　先月新しく購入したんだ。前年度の予算が少し余ったから」

芙蓉はソファのひじ掛けを撫でる。

バーガンディー色の本革は柔らかくてしっとりと肌になじむ。

実際、ぐっすりと眠り、心地よい夢まで見ていた。

だが、それを正直に言うのはなんだか悔しかった。

一時間以上も待たされたのだ。彼を褒めるようなことは、ほんの小さなことであれ言いたくなかった。

「春眠暁を覚えず、かな。最近、なんだか眠くて、毎日頭がぼーっとしちゃう」

眠ってしまったのはソファが優秀だったからではなく春だからだ、と主張した。

壁いっぱいの本棚、書類が積み上げられたデスク、三人掛けのソファ、サイドテーブル、冷蔵庫。

　これらがギュッと肩を寄せ合うように配置されている。

　それでも窮屈さを感じないのは、ベランダにある植物と、その向こうに見える中庭の緑のせいだろう。

「時間が惜しい。さっさと報告を始めたい。その前に」

　芙蓉は立ち上がって腕を組み、デスクについた朝比奈を見下ろす。

「私に患者を回す時は、もっと言葉を使って欲しいものだわ。毎回、植物の医者と言って驚かれるのは面倒よ」

「そう？」

　キョトンと小首を傾げる朝比奈に怒りがわいてくる。

「そう、じゃないわよ！　何度も言っているじゃない！」

「体から植物が生える現象なら、植物の専門家を紹介されて納得すると思うのに」

　芙蓉が声を荒げても、よくわからないといった様子で朝比奈は不思議そうな顔をしている。

「まあ、気をつけるよ」

「気をつけるではなく、徹底してよ。でなければ、もう協力はしない」

　バフっと音をさせて、芙蓉はお尻からダイブするようにソファに腰を下ろした。

「それで、今回の患者はどうだった？　本当に花を吐くのかい？」

好奇心を隠すこともなく、朝比奈が先を促す。

芙蓉は不機嫌に黙ったままバッグから手の平サイズの白い箱を取りだし、朝比奈のデスクの上に置くと蓋を広げ中身を並べる。

瑠香が吐き出した花を一輪一輪、樹脂を塗ったり、樹脂で回りを固めたりと加工したものだ。

「へえ、きれいだな」

朝比奈は上半身を屈《かが》めて顔を近づけた。

透明な樹脂の中に白い花が浮いている。

窓から入り込む日差しを反射して、本体も影も虹色の斑《まだら》をキラキラと浮かべていた。

隣には透明の膜を纏った花。半永久的に美しさを保存された花々。

朝比奈が角砂糖よりも二回り大きい樹脂ブロックをつまんで片目を閉じ、太陽に透かして閉じ込められた花をのぞき込む。

「普通の花だね」

「ええ、普通の梅の花でした」

コトンと朝比奈はブロックを机に戻す。

「花を吐く患者に直接出会ったのは二人目だな。海外からの報告書では何件か読んだことがあるけどね」

芙蓉は再びソファに沈み、放り投げるように告げる。

「小森瑠香の治療は難しい」

朝比奈が驚いた顔で樹脂加工された花から芙蓉に視線を移す。

「なにか複雑な問題が？」

「彼女は治療を望んでいない」

「どうして？」

「花は彼女の心のよりどころなの」

「どういうこと？」

問いかける朝比奈の声が固く尖《とが》った。

なんで患者を説得しなかったんだと暗に非難している。

「治療を望んでいない以上、あまり踏み込んで尋ねるわけにもいかないでしょ」

芙蓉はふう、と小さくため息をつく。

「患者に害をもたらす兆候は今のところない。だから、少し長い目で観察したい」

「本当に？」

朝比奈が疑わしそうに眉間にしわを寄せる。

「花が気管支に入ったり、呼吸を妨げるようなことには？」

「たぶん心配はないかと」

芙蓉は瑠香の様子を思い出しながら言う。

咳き込む姿は若干苦しそうであったが、風邪などで咳をする時と大差はないようだった。本人自身も苦痛はないと言っていた。

「それよりも今の彼女に必要なのは家族カウンセラーか、あるいは花の代わりに彼女を支える誰かよ」

白い梅の花は、きっと瑠香のSOSでもあるのだ。たとえ花を吐かなくなっても、冷たい水のような家では、彼女は大人の仮面をかぶり続けたままでいなければならない。心の支えを失って、花を吐くよりももっとひどい状態になる恐れだってある。

ふと、シャルル・ペローの童話『宝石姫《ほうせきひめ》』を思い出す。

水くみに行った少女は、老婆の水を一杯飲ませてくれないかという願いに応える。実は老婆は魔法使いで、少女にお礼の代わりに言葉を発するたび宝石が口から零れるという魔法をかけた。

話すたびに宝石が零れる少女に嫉妬した姉が、自分もと水くみに行く。

姉は美しい貴婦人に出会うのだが、妹から魔法使いはみすぼらしい老婆と聞いていたので、邪険に追い払った。貴婦人の姿をしていた魔法使いは怒って、姉にしゃべるたびに虫が口から零れる呪いをかけてしまう。

母親は姉をこんなふうにしたのは少女のせいだと怒り、彼女を家から追い出してしまった。

行き場をなくした少女が森の中でひとり寂しく涙を流していると、ひとりの青年が通りかかり、泣いている訳を尋ねた。

少女は今までのいきさつを話し、その間にも彼女の口からは宝石が零れ落ちる。

青年は帰る場所のない心優しい少女を気の毒に思い、一緒に連れて帰った。

青年の正体はこの国の王子様で、その後ふたりは結婚し末永く幸せに暮らしました。めでたし、めでたし。というのが『宝石姫』の話だ。

童話のように、いつか彼女を支えてくれる王子様が現れればいいが。

だけど……。

もし通りかかったのが王子ではなく強欲な人間であったら、彼女は攫《さら》われ、無理矢理延々としゃべり続けさせられて、終《しま》いには喉が潰れて声を失い、宝石が吐けなくなってお払い箱になり行き倒れました――なんてバッドエンドだって考えられるのだ。

芙蓉は感情を抑えて冷静に言う。

「寄生した植物は、本人が排除したいと思わないと取り除けない。それは今までのケースを見ても明らかだわ。だから、彼女が拒否したなら治療は意味がない。心から治したいと思わなければ、なにをしても無駄」

朝比奈がキーボードから手を放し、椅子をぐるりと九十度回転させて問う。

「今すぐに害がなくとも、これから障害になるかもしれないだろう？　それに小森瑠香は生活においてすでに支障が出ているのでは？　母親の証言では病気のせいで引きこもり状態が続いていると言っていた」

芙蓉は水のように冷たくて静かな部屋を思い出す。

「私だって、彼女の治療を望んでいる。けど……」

女の子の部屋とは思えないほど質素な空間で、瑠香は言った。

――この家は嘘だらけ。みんな嘘つきだから。

――私は花がそばにある限り幸せですから。

高級住宅地に建つ邸宅。

美しく着飾った、どこか演技めいた母親。

ほとんど部屋から出ずに花を吐く娘。

不在がちで、お互いへの愛情がなくなった両親。

ばらばらになってしまった家族に心を痛める毎日。

彼女に治療を受けさせるには、彼女に治療したいと思わせるには、温かい家庭を取り戻すか、家族から完全に自立するしかない。

樹木医である芙蓉にも、医師である朝比奈にも専門外だ。

たとえ家庭カウンセラーだって、簡単にできることではないだろう。

「病気よりも家庭の問題のほうが深刻だと思う。広くて清潔でお洒落な、とても素敵な家だったけど、空気が冷たく感じたわ」

瑠香の部屋に足を踏み入れた感覚が背中に蘇って、ふるっと小さく震えた。

「彼女が引きこもりになったのは病気のせいではなく、むしろ家庭の問題なの。だから私たちでは無理だわ」

「グレているの？　不登校で引きこもりって母親から聞いているけど」

「グレているなんて、古い言い方ですね」

朝比奈は口をへの字にした。

「とても穏やかで人当たりのいい子よ。たぶん、頭も良いと思う。いかにもいいところのお嬢さんって感じで、仕草も言葉遣いも上品で完璧。ついでに美人だし」

「それはぜひ来院して欲しいものだ。治療するように、もっと強く勧めてよ。治療は無駄でも、様々なボタニカル病患者のデータはとれるかもしれないし」

朝比奈の表情がわかりやすく明るくなるのを見て、芙蓉は大きくため息をついて続ける。

「人にばっかり押しつけないで、自分で説得に行ったらどうです？」

「俺みたいなおっさんがしつこく来い来いなんて迫ったら、下手すりゃセクハラやストーカーで訴えられちゃうかもしれないじゃん」

二十七歳の芙蓉からは、ひと回り年上の朝比奈はおじさんというほど老《ふ》けては見えないが。

「確かに十七歳の少女からしてみれば、十分おっさんですね」

朝比奈ががっくりと肩を落とす。

「同意だけど、他人の口から言われると改めて堪《こた》えるね」

芙蓉は心の中で舌を出した。少し気持ちが晴れる。

「……そういえば、ちょっと面白い花が」

芙蓉は立ち上がり、樹脂コーティングされた押し花の一つを手に取る。

「どれ?」

「ほら、わかります?」

朝比奈は顔を近づけて眉間にしわを寄せる。

「……わからない」

芙蓉は朝比奈の手からボールペンを拝借し、ペンの先で一カ所を指す。

「ここ。雄蕊の一部が変形して花弁になっているでしょう」

朝比奈はますます眉間に深いしわを寄せて花をのぞき込む。

確かに、一部の雄蕊から小さな花弁らしきものが見える。

「奇形? よくあること?」

「ええ。植物は変化のふり幅が大きいから。雄蕊、雌蕊になるはずのものがなれずに花弁になってしまうの。雄蕊、雌蕊にならずにずっと花弁ばかり作ってしまうと完全八重咲きと言って、もう生殖能力がなくなる」

これのせいで幼い頃の夢なんか見たんだな、と芙蓉はぼんやりと思う。

「梅と言えば五枚の丸い花弁を思い描く人が多いけど、いろいろな種類の八重の梅があるんですよ。八重の中には雌蕊のようなものがあっても未成熟で実がならない種類も。土ではなく、人間から生まれる植物でもこのような変化があるなんて面白いでしょ。彼女の心理の変化に対応しているのか、それとも植物の可能性か」

不謹慎とは思いつつも、胸が高鳴るのを抑えられない。

「前者だと新しい発見だな。いい論文のネタになりそうだ。ねえ、やっぱりなんとか彼女を研究所に引っ張ってきてよ」

饒舌《じょうぜつ》だった芙蓉の口が止まる。

この男は植物に興味があるわけではないのだ。

あくまでも珍しい病に興味があるのだ。

「LINE交換とかしてないの？　ガールズトークとか恋バナとかしてさ、なんでも相談できるお姉さん的な存在になれば来てくれるんじゃない？」

「……頑張って今時の言葉を使わなくてもいいですよ。かえって痛々しいから」

芙蓉は深くため息をつき、朝比奈はちょっぴり傷ついた顔をした。


もしも誰かにこの感覚を説明するのなら、「涙が零れる瞬間に似ている」と言うだろう。

目頭がじんわりと熱くなって、それが全体に広がっていき、やがて涙が零れる。

そんな感覚だ。

胸の奥が熱くなって、その熱が徐々に喉をせりあがってきて、耐えきれなくなり、咳と一緒に吐き出す瞬間、熱は形に——蕾となって零れ落ちる。

瑠香は吐き出した蕾が手のひらの中でゆっくりと開花していくのを見つめる。

こんなものが自分の体から出てくるなんて、今でも信じられない。

一体、自分の体内でなにが起こっているのか。

自分はどうしてしまったのか。

初めて花を吐き出した時はショックで死ぬかと思うぐらい動揺した。

実際に気を失ったほどだ。

誰にも知られてはいけない。そう思って隠し続けてきた。

誰にも相談できずにいた。吐いた花はこっそりと捨てた。

やがて、どんなときに自分が花を吐くかがわかってきた。

同時になぜ薔薇でもなく菫《スミレ》でもなく百合でもなく、この花を吐くのかも理解した。

うっかり母親に花を吐くところを見られてしまったが、悪戯と思われたようで安心していたのに、まさか専門の医者――正確には植物の医者だったが――を連れてきたのは想定外だった。

動揺して、彼女の前で花を吐いてしまったのは最大のミスかもしれない。

自分の計画に感づいてしまうかも。

瑠香は首を振る。それはないだろう。考えすぎだ。それに自分はうまく誤魔化せた。

だけど、彼女は言った。

――まるで『言葉』みたいね。

その一言は、瑠香の予想や仮説、想像を一瞬で整理した。

「言葉を、言の葉というのなら……」

心が根だとするなら、それを相手に伝わるように形にし、想《おも》いと空気を重ねて唇から発したのが葉――言葉だというのなら、うまく言葉にできなかった想いが花に変化してもおかしくない。

純白の花弁は、瑠香が言いたくて言いたくて、でも決して言えない胸を苦しくする言葉になれない想いだ。

口にしてはならない言葉が、幸せだった時の記憶に姿を変えて唇から零れるのだ。

「この家は嘘にまみれている」

涙が一粒、手のひらに落ちた。

真っ白な五枚の花弁。

可愛らしい白梅の花。

瑠香はそっと手のひらの花を机に置いた。

「最初は優しい嘘だったはずなのに」

いつの間にか優しい嘘は凶器のように変わってしまった。

そして、自分も嘘つきだ。

白い花をひとつ、そっとつまんだ。

――幸せの記憶。

目を閉じれば、すぐに地上いっぱいの梅の木が浮かぶ。

瑠香がまだ幼稚園児だった頃だ。

父と母と瑠香の親子三人で、郊外の梅園にピクニックに行った。

三百六十度、どっちを向いても梅の花が視界いっぱいに広がっていた。

紅白の梅が咲き誇る中、ピクニックシートの上で肩を寄せ合うように座って昼食をとった。

なにを話したとか、細かいことはまったく覚えていない。

覚えているのは、頭上に広がる梅の花と香り。

瑠香の好きな甘い卵焼きと、ふりかけのおにぎりの味。

そして、父と母の笑顔。

風が吹いて梅の枝が揺れた。近くの木からひらひらと白い梅が落ちて、瑠香の髪を飾る。

父がまるで梅の精だと言って、瑠香の姿をカメラに収めた。

後で写真を見たら、頭にたくさんの白い梅の花を咲かせた幼い瑠香は、確かに白梅の精のように可憐《かれん》で可愛らしかった。

写真の瑠香は、無邪気にカメラに向かって笑っていた。

本当に幸せだった……。

手の中の花は、あの時に瑠香の髪を飾った白梅と似ている。

見つめていると幼い頃の幸せな気持ちと切なさがじんわりと混ざっていく。

樹木医の彼女はまだわからないことだらけだと言う。

だから、大丈夫だ。

自分の体に起きたことの全ては知られていない。

自分がこれからやろうとしていることも知られてはいない。

——きっと……。

「こんなに素敵な場所だとは思わなかった」

国立国際医療研究センター病院の中庭をぐるりと見回しながら、瑠香がほんの少しはしゃいだ声を上げた。

庭の中心には鯉《こい》が泳ぐ楕円形《だえんけい》の人工池があり、その周りをベンチと花壇と樹木が囲んでいる。

どの季節でも楽しめるよう、花壇にはいつの時期でも何かしらの花が咲くように工夫がされていた。

コの字型に建っている病棟のどこからも、中庭の緑が眺められるようになっているのは、患者の目を楽しませるだけでなく、植物の癒す力を実験的に取り入れているからだ。

三月の今は、沈丁花の甘酸っぱい香りが中庭を支配している。

それだけでなく花壇にはラナンキュラス、パンジー、プリムラ、スノードロップなど、春の訪れを祝福するように可憐な花々が咲き誇っている。

「本当に来てくれるとは思わなかった」

芙蓉は瑠香に正直な気持ちを打ち明ける。

ちょうど花壇の花を植え替えている最中に声をかけられ、ふりかえれば私服姿でマスクを付けた瑠香が立っていた。驚いて持っていた苗を土の上に落としてしまった。

治療を拒んでいた瑠香が、春先の研究所は庭が美しいから見に来ないか、なんて誘いに乗ってくれるとは予想外だったのだ。

彼女はひとりでここまで来たと言う。

瑠香はマスクを取ってショルダーバッグに入れ、代わりにガラスの瓶を取りだした。

「花が増えたからお裾分けです。今朝、吐いたの」

瓶のなかには、白い花や蕾が水に浮かんでいた。

「わざわざ持ってきてくれたの。ありがとう」

「今日は天気がいいから外出もしたかったし、研究所のガーデンってちょっと興味があったから。でも、普通のきれいな庭ですね。もっと、こう……珍しい植物とか薬草とか実験っぽい感じじかと思った」

思わず笑いが込み上げる。

「ご期待に応えられずにごめんなさい。これは患者や職員を慰めるためのもので美観を第一に考えているのよ」

「花とか……緑を眺めていると心が落ち着きますよね」

瑠香が胸に手を当てる。それは無意識だろうか？

もしかして治療したくないというは嘘——なのではないか。

花を吐き出すなんて、尋常でないことは聡《さと》い彼女には十分わかっているはず。

いくら吐き出した花に慰められるとはいえ、自分の体に不安を覚えるのは当然のことだ。治療を受けたい気持ちと、心のよりどころである花を守りたいという葛藤する気持ちが、ここに足を運ばせたのかもしれない。

「梅の花が瑠香ちゃんを支えてくれるというのなら、私が梅の木をプレゼントするから。治療を受けてみない？」

瑠香が驚く。

「梅の木ですか？　育てられません。第一、そんな大きなもの」

「梅の花は盆栽としても人気なの。つまり鉢植えでも育てられるのよ。手入れがわからなければ、定期的に私が見てあげるわ。もちろん治療の一環としてサービスで」

瑠香の顔が一瞬泣きそうに歪んだ。

見てはいけない気がして、芙蓉は視線を瑠香から手元に移した。

止まっていた手を再び動かし、シャベルで土を掘りだした。

ザクッザクッという音とともに、土のにおいがふわりと立ち上がる。

頭上で瑠香がバッグからハンカチを取りだしたようだった。

しばらく苗植えに専念していると、瑠香が隣にしゃがんだ。

「ここは雨宮さんが管理しているの？」

「ええ」

庭の樹木の世話だけに留《とど》まらず、ここの患者や職員を退屈させないよう花壇の植え替えまでしている。

樹木医というよりも、庭師、ガーデニングマスターの仕事だ。

仕事内容に不満がないわけでもないが、これが今の芙蓉の収入源の六割、つまり半分以上だ。

だから逆らえないし、断れない。

悲しいかな。雇われ人の宿命だ。

「人間のお医者さんと、植物のお医者さんが協力している病気なんて面白いですよね」

瑠香が手を伸ばし、手伝う素振りを見せる。

芙蓉は少し躊躇《ためら》ってからシャベルを渡して、ここの土を掘って欲しいと指示した。

自分は掘った穴に苗を丁寧に植えていく。

「私、雨宮さんのお話が聞きたい。植物のお医者さんって、どうやったらなれるの？　国内で唯一の研究をしているなんて、雨宮さんは植物のお医者さんの中でも有名な方なのですか？」

「まさか。私はまだまだ未熟で」

「でも、国内で唯一の研究をしているのでしょう」

しているのは朝比奈で、自分は父親のツテで手伝う羽目になっただけだ。

自分には父親譲りの能力があると自負もしているが、朝比奈の研究に付き合っていたのは父だった。

二人の間に何が起きたのかはわからないが、父が朝比奈のパートナーを放棄し、単独で植物探しの旅に出てしまって、お鉢が芙蓉に回ってきたのだ。

公に発表したら社会が混乱するかもしれない病。

研究はひっそりと行われ、医師でもボタニカル病の存在を知っているのはわずか。

「私なんか大学を卒業して五年ほどで、経験値も浅い樹木医よ」

芙蓉は言葉を選びながら続ける。

「樹木医は試験に受かれば名乗れるの。実務経験七年を経て試験を受けるか、大学や専門学校で植物に関する授業を受けて樹木医補として一年実務経験を積んで試験を受けるか。私は後者。大学卒業後、父のアシスタントとして働き試験を受け樹木医となったの。子どもの頃から樹木医である父に植物の知識を教えられていたから、多少は有利だったとは思うけど」

「素敵なお父さんですね」

「え？」

思いがけない瑠香の反応に芙蓉が戸惑う。

「だって、子どもの頃からいろいろ教えてもらって、仕事を手伝うなんて、仲がいいんでしょ」

「仲がいいというか、職人の家ならよくあることじゃないかな。親が仕事をしている姿を見て育つみたいな」

そういえば、瑠香の父親は商社勤めで、海外出張でほとんど日本にいないと小森夫人のフェイスブックで知った。

愛人宅に入り浸っているわけではないと知って少し安心したが、妻が不倫しているのなら、父親にも現地妻がいてもおかしくはないなと思い、瑠香も同じことを思っているのなら不憫《ふびん》だと芙蓉の心が重くなった。

「今もお父さんと一緒に仕事を？」

「数年前から父は気の赴くまま、珍しい植物を探して国内外へ植物行脚《あんぎゃ》に出ていて、今はほとんど顔を合わすどころか、一年近く会話さえしていないわ。父こそ、植物に取り憑かれた人間ね」

芙蓉は苦笑する。

「ところでこの花はなんていうんですか？　初めて見ました」

瑠香が今植えている花を指す。

「パンジーよ」

「パンジー!?　だってこれ、ミニ薔薇みたいじゃないですか」

数えられないぐらいのピンクの花弁が重なって、こんもりと丸く咲いている。

「八重咲きだから」

「パンジーにも八重咲きとかあるんですね」

「人間によって改良された品種。雄蕊雌蕊まで花弁にした完全八重咲きだから、種ができない代わりに花もちがいいのよ。観賞用にうってつけ」

「……種ができないの？」

「ええ。雌蕊がないから」

瑠香の細い指が手まりのような花をそっと撫でる。

「こんなに華やかで美しいのに、寂しいですね。まるで実りのない恋みたい」

瑠香が表情を曇らせる。

「瑠香ちゃんからもらった花にも、同じような傾向の花があったわよ」

「えっ！」

「雄蕊の一部が花弁化していたの」

「私も……私の花も……。そうですか……」

あからさまに瑠香は動揺していた。

落胆しているようにも見えた。

なにが彼女をそうさせたのかわからないまま、芙蓉は彼女の気を紛らわすように話題を変えた。

「せっかくここまできたのだから診察と健康診断ぐらい受けていかない？」

朝比奈に暗に非難されたからではない。

不自然な状態ならば、元に戻すのが自分たちの役目だと思っている。

だって、自分は代々続いていた樹木医の家系だ。

患者は植物だが、彼らの微かな声に耳を傾けて、彼らを病気や虫から守ってきた。

いつの間にか人間の医者のような真似をするようになってしまったが。

どうしてこうなったのか……。

それを思い出そうとすれば、なぜか脳が引っ張られるような痛みを感じる。

「やあ、こんにちは」

見知った声に振り返ると、白衣姿の朝比奈が満面の笑みで手を振りながら近づいてきた。

「今日も精が出るね。で、もしかして、こちらのお嬢さんは小森瑠香さんかな？」

目ざといというか、鼻がきくというか。

この男はいつもいいタイミングで現れる。

「あ、あの」

瑠香が助けを求めるように芙蓉に顔を向ける。

「この人は前に名刺を渡した朝比奈先生。私に瑠香ちゃんを紹介したのも彼よ」

説明しながら、芙蓉は無理強いするなと朝比奈に目で訴える。

「あ、そうだったのですね。初めまして、小森瑠香です」

「心療内科の朝比奈匡助です。サンプルをありがとう。ついでに診察を受けてくれれば、さらに感謝だけど」

バカ正直すぎるセリフに、芙蓉の目尻がつり上がる。

瑠香は返答に困っている。

芙蓉は立ち上がって、瑠香と朝比奈の間に入り込む。

「今日は診察に来たんじゃないの。それに今は私のお手伝いをしてもらっているから、遠慮して」

「後輩の久保田《くぼた》を代わりに差し出すよ」

朝比奈の目がチャンスじゃないかと目で訴える。

「職権濫用《らんよう》しないで」

「じゃあ、僕が手伝おうか」

「……そしたら誰が診察するの」

芙蓉は犬でも追い払うようにシッシッと手を振る。

「はいはい、わかりました」

朝比奈が叱られた犬のようにシュンと眉と肩を下げる。

それでも最後の抵抗を試みて、芙蓉の背後にいる瑠香に精一杯にこやかな笑みを浮かべて話しかけた。

「なにか困ったことや悩み事があればいつでも尋ねてきてね。たとえば――」

話の途中で芙蓉は彼の体を反転させ、背中を強く押す。

「うわっ」

朝比奈がよろけた。

「ひどいよ、雨宮さん」

「しつこい男は嫌われるから」

朝比奈は恨みがましい目をしながらも、渋々と去っていった。

「うるさくしてごめんね。さあ、続きをしましょう」

朝比奈が退場し芙蓉がホッとすると、瑠香が思いもかけない爆弾を落とした。

「雨宮さんは朝比奈先生と恋人同士なんですか？」

たっぷり十秒硬直した後、庭中に響く声で否定した。

「ありえないっ！　なんでそうなるのっ！」

「違うんですか？」

瑠香がキョトンとした表情で尋ねる。

「なんかお二人の間に、恋人同士のような繋《つな》がりというか、絆《きずな》のような空気が見えました」

「ただの仕事関係。第一、一回りも年上よ。オジサンよ」

「……歳なんて、関係ないじゃないですか。好きになってしまえば」

瑠香がなぜか悲し気な表情でシャベルを置き、ゆっくりと立ち上がった。

「そういえば、雨宮さんに聞きたいことがあったんです。この病気は感染するのですか？」

「えっ……」

突然の質問に、芙蓉は記憶を引っかき回す。

「感染……した例は報告されていない。けど、報告がないからないとは言い切れないけれど。でも、この病はウィルスじゃない。だから、感染はないと思う」

「そうですか」

安堵したような、残念なような複雑な表情で瑠香がうなずき、池のそばによって水の中をのぞき込む。

睡蓮《スイレン》やアサザの丸い葉の隙間から、鯉の姿が見え隠れする。

「きれいな池ですね。これも雨宮さんが？」

「ええ。この庭の管理は全部ひとりで請け負っているので」

「水を見ていると癒されますよね。私の家の近くの公園にも人工の川が流れていて、眺め

まった。


ているると癒されるんですよ」

瑠香が寂しそうに水面《みなも》を見つめて言う。

「今日はもう帰ります。半年ぶりに父が帰ってくるので、幸せな家族を演じなければ」

さっきまでの表情を消し、健気に微笑むと芙蓉の言葉も待たずに瑠香は去って行ってしまった。


帰宅した芙蓉は、瑠香から渡されたガラス瓶をテーブルに置いて絶句した。

蕾が開きかけていた。

それはいい。

問題は開花し始めた花の姿だ。

「種類が違う？」

芙蓉が首を捻《ひね》りながら瓶の蓋を開け、ピンセットで開きかけの蕾を取り出し、樹脂加工に使う作業机にそっと置いた。そして、注意深く花弁を広げていく。

「……これは梅じゃない」

一見、梅に見える白い五枚の花弁。その中心は鮮やかな黄色に染まっていた。

「梅じゃない。梅花藻《バイカモ》の花！」

今まで、自分が診てきたものも、他の人が診てきた研究書を読んでも、二種類以上の植物に寄生された患者はいなかった。

もし、二種類の植物に寄生されたというなら、初のケースだ。大発見だ。

信じられない思いで机の上の花を見つめる。

梅花藻。

梅の花に似ていることから名付けられた水草。

清流でしか咲くことができない梅に似た可憐な白い花。

細長い緑色の草を持ち、茎の先に白い花を水面に咲かせる。水温の低い清流でしか育たない植物だ。

梅の花に似ていても、梅は薔薇科サクラ属だが、梅花藻はキンポウゲ科キンポウゲ属と全く違う植物だ。

「こんなことが……」

信じられずに芙蓉は梅花藻を凝視する。

判断を間違えていた?

いや、間違えるはずがない。確かに梅の花だった。

すぐさま朝比奈に電話をかけた。

彼の研究室に置いてある樹脂加工した花には変化は見られなかった。

芙蓉はそっと梅花藻の花を手のひらに乗せた。
二種類の花を吐く？　それとも変化したのか？
それはなにを意味するのだろう。
瑠香の心境だろうか？
芙蓉は慎重に白い花を指先ですくう。
その瞬間、指先から切ない想いが流れ込んできた。
愛《いと》おしいという感情。
悲しいという感情。
嫉妬という感情。
梅花藻は饒舌だった。
想いを受け取る芙蓉が卒倒しそうなぐらいに、饒舌だった。
朝比奈に渡した花は無言だったのに。
つまり、梅花藻が本来の姿で、梅の花に姿を変えることで沈黙を守っていたのだ。
「言葉ではなく花で嘘《やまい》をつく人間なんて初めてだ！」
芙蓉は叫び、再び朝比奈に電話を入れようと受話器に手を伸ばす。
rerererere……！
受話器を取る前に、電話が鳴った。

「雨宮さんっ」

受話器の向こうから、焦った朝比奈の声。

「小森瑠香の父親が花を吐いて病院へ搬送されたって。しかも、小森瑠香は行方不明。部屋中に花が落ちているって、母親がパニックになって電話してきたけど、なにか知っている?」


オフィーリアが見ている。

目と口を半開きにして、透明な水面に花と一緒にたゆたいながら、死と生の間からこちらを見ている。

芙蓉は背筋を上がってくる悪寒に身を震わせた。

シェイクスピアの作品『ハムレット』に登場するヒロイン。

愛する婚約者《ハムレット》に裏切られるだけでなく父親まで殺され、自身も狂って川に身投げした儚く美しい悲劇の少女。

死んでいるのか、まだ生きているのかわからない生きることに絶望した表情。

まるで慰めるように彼女の胸元に浮かぶ花々。

限りなく透明で悲しく美しい少女の姿、あるいは遺体。

オフィーリアを囲む花が揺れ出す。
なにが起きたのか。
ミレイの絵画に対峙《たいじ》している芙蓉が眉を顰める。
生気が失せたオフィーリアの顔が、ゆっくりと瑠香に変わる。
――雨宮さん……。
清流にただよう瑠香が芙蓉に向かって手を伸ばす。
梅の花に化けた梅花藻。
清流の花。
清流でしか生きられない水中花。
水中のように静かで寡黙な、整頓というよりも、整理された瑠香の部屋。
いらないものを全て捨てて、シンプルになりすぎた部屋。
芙蓉は夜の空に祈る。
お願い、オフィーリアにならないで。

遠くで救急車のサイレンが鳴っているのを聞きながら、芙蓉は公園に足を踏み入れた。
オレンジ色の街灯が優しく照らす散歩道を公園の中心に向かって歩いて行く。

風のない今夜は、道脇の木々も花壇の花々も深く沈黙していて、芙蓉の上がった息だけがうるさい。

微かにせせらぎの音を耳が捉えた。

早足が駆け足に変わる。

ちろちろとたおやかに流れる人工川に、白い花がふわふわと頼りなげに漂っている。

川上に向かってさらに足を速めた。

ますます上がる息。夜の冷たい空気が肺を刺す。

月明かりに青白く浮かび上がるシルエットを見つけて、芙蓉の足が止まった。

一瞬、体の半分が川の中に入っているのではないかと息を飲んだが、川の中ではなく、へりに座っているだけだとわかって大きく息を吐き出した。

気配を感じて瑠香が首を動かした。

目と目が合う。

「どうしてここがわかったの？」

驚いた様子もなく瑠香が尋ねる。

「私はちょっとだけ人よりも植物と仲良しなの。梅花藻の香りを頼りにここに来た」

「梅花藻って香りの強い花じゃないのに」

ああ、やはり彼女は自分の吐き出した花が梅ではなく梅花藻だと知っていたのだ、と芙蓉は少し悲しい気持ちになる。

「澄んだ水の匂いがした」

「……そうですか」

瑠香は右手でそっと川の水をすくってのぞき込む。

「でも、ここはそんなに澄んだ水じゃないでしょ。何度か梅花藻を育てられないかと試してみたけど、ダメでした」

「……梅花藻が育つ水は、きれいなだけじゃなくて水温も大切なの。一般的に十四度前後の冷水でなければと言われている。こんなに浅い川では、気温と一緒にすぐ水温が上がってしまうから、たとえ澄んだ水が流れていても育たないと思う」

「そうなのですか」

瑠香は悲しそうに微笑んで、それから口を押さえて咳き込んだ。

手の隙間から真珠のような蕾が零れて、彼女のスカートや地面、水面に転がっていく。

すでに瑠香は白い花と蕾に囲まれていた。

家を抜け出し、誰もいない公園の川べりで、ひとり心を激しく揺らしていたのか。

咳が収まると、瑠香は手の中の蕾を川の中にそっと流した。

「初めてのキスは、花弁と澄んだ水の味がしました」

蕾は水面に揺れながら少しずつ膨らんで、やがて五つの花弁が広がる。

青い闇の中では、中心の鮮やかな黄色は消えて、朧気《おぼろげ》な白い花にしか見えない。水面にふんわりと灯《とも》るような白い花が、内緒話をするような水の音と一緒に流れていくのを黙ってぼんやりと眺めていた。

「歪んだ家庭の中で、一番歪《いびつ》なのは私」

どれくらい経《た》っただろうか、瑠香がふいに口を開いた。

「私のせいで家族は嘘つきになってしまった。私が家族を壊したの。梅の花を家族で見に行っていた頃は、本当に仲のいい家族だった」

芙蓉は足下に転がって開花した、白い花をそっと摘まむ。

「……治療を拒んだのは、このためだったの？」

瑠香がそっと目を伏せた。

「雨宮さんがやって来た時は本当に驚きました。まさかこの病を治療できるお医者さんがいるなんて。あまりにも驚き動揺して、花を吐き出してしまった。しかも、いつもとは違う花を。きっと、とっさに隠そうとしたのね。私の心……、計画を」

「お母さんは動転して救急車を呼んだそうだけど、救急車が到着した時点で、お父さんはすでに花を吐き出していたそうよ。念のため、病院に行ったようだけど。……本当に」

本当に殺せると思っていたの？

花を喉に詰まらせて死ぬなんて、まるで童話やお伽話の世界みたいな死に方。

「雨宮さんは、私の花ともお話したのね」

瑠香が泣きそうな顔で微笑む。

「父とは血が繫がっていないんです。偶然にも、中学に上がる時に知ってしまったの。親は少なくとも成人するまでは隠し通すつもりだったらしいけど」

コホっと瑠香はまた蕾を吐き出した。

「私は母を責めました。なんで本当のことを言ってくれなかったのか、本当の父親は誰でどこにいるのか。未だに、本当の父のことは知りません。きっと、実の娘にも言えない事情があるのかもしれない。だからそれはいいの。あの時の私は潔癖すぎて、それこそ清流でしか育たない梅花藻のようだった」

中学生という多感な時に、親と血が繫がっていないことを知ったら瑠香のように聡明《そうめい》な子どもでも穏やかではいられないだろう。

「突然他人としか思えなくなった父にも、ひどい態度をとってしまいました。私のせいで家庭内はギクシャクし、私と両親の間だけでなく、両親の間にも溝ができました」

話している途中にも、瑠香はコホコホ、と小さく咳をし、涙の代わりに白い蕾を零した。

「最初に家族から逃げたのは母です。仕事だけではなく、外に安らげる場所を作ってしまったの。私が母を強く責め立ててばかりいたから……私のせい。私が悪いの」

ポロリ、ポロリと蕾が地面や水面に落ちていく。

「しばらくは父と娘だけのような生活が続いて、私のせいでこんなふうになってしまったのに、変わらず接してくれる父に罪悪感が膨らんでいきました。それでも素直になれないまま、やがて父も他に安らぐ場所を見つけて……。父まで離れて行ってしまう。最初は寂しさからだったのかもしれません。父を奪おうとする女性への対抗心もあったのかもしれません。私は……いつのまにか父を異性として意識して」

瑠香はそっと目を伏せ、贖罪《しょくざい》を求めるように言う。

「好きになってしまったの」

愛しい、愛しい、愛しい。

無言だった梅にはなかった呟き。

狂い咲くように梅花藻は歌った。

あれは、血の繋がらない父親への想いだったのか。

「実りのない恋だとわかっていた。だから賭けてみた。自分の愛の強さに。想いが強ければ口づけをした瞬間、想いが花になって父の体を埋め尽くす。そしたら自分も一緒に死んで結ばれようと」

止まらない花弁。

止まらない想い。

「でも、お父さんは無事よ」

瑠香が弱々しく微笑む。

「ならば、そういうことなんでしょう」

人を殺せるほどの想いではなかった。

コホコホと、瑠香がまた小さな蕾を吐き出す。

「梅花藻の花は一度だけ見たことがあります。中学の時の遠足先でした」

瑠香が手のひらの蕾を見つめながら、懐かしそうに目を細める。

「透明な水の中で、鮮やかな緑の葉と白い花が広がっていて、とても美しい風景でした。私、その中にオフィーリアの姿を見たのです。ああ、あの絵と同じだって、なぜかそう思ったの。水に浮かぶ花は違うけど」

「なんとなくわかるわ。梅花藻が広がる水面は、とても幻想的だもの」

瑠香が照れたようにはにかむ。生徒手帳にこっそり挟んでいた好きな人の写真を見つけられた時のような、多感な十七歳の少女の愛らしい笑みだった。


彼女の花はハムレットにはならず、彼女もオフィーリアにはならなかった。

だいぶ春らしい陽気になってきた。

動いていると汗だくになってくる。

芙蓉は脚立に乗ったまま、つなぎの作業着の上半身部分を脱いで袖を腰に巻き付け、Tシャツの袖で額の汗を拭った。

後回しにしてしまった椿の剪定《せんてい》を、午前中には終わらせたいと気合いを入れて鋏《はさみ》を持ち直す。

パチン、パチンと小気味よい音が響く。

「雨宮さん、こんにちは」

名前を呼ばれて枝から下をのぞき込むと、瑠香が立って手を振っていた。

「診察室の窓から雨宮さんが見えたから。今日も研究所のお仕事ですか？」

「今のところ、一番の顧客だから。剪定なんて樹木医の仕事じゃないけど。サービスの一環」

瑠香が小さく笑う。

思いの外、元気そうで安心する。

芙蓉は脚立を降りて瑠香の隣に立つ。

「診察は終わったの？」

「はい。どこも異常ないって」

瑠香は芙蓉と一緒に植えた八重のパンジーに目を向けながら言った。

「実りのない恋だと、ちゃんとわかっていたんです」

「……そう」

「でも、ちゃんと恋でした」

「……」

「終わったら、べつに普通の恋で、普通の失恋で、普通に悲しくて気が抜けました」

瑠香の口調は明るいが、目尻にほんのちょっぴり涙が浮かんでいる。

「せっかく治療する気になったけど、四月からアメリカに留学することにしたので、ここにはもう来られないと思います」

「本当に留学を!?」

「はい。これでお母さんの嘘は一つなくなりますね」

さりげなく指先で目尻を拭い、努めて朗らかに話を続ける。

「あの夜……、叱られて、心配されて、泣かれました。今までとは違った意味で、家の中は変な空気です。私と親の間の空気だけかもしれないけれど。でも、家にいづらいからではなく、バラバラの家族なら、いっそ距離を置いてみるのも悪くないと思って。少し離れたところから見つめ直したい」

瑠香の横顔には静かで強い決意が浮かんでいた。

親元を離れ、ひとり遠い地へ行っても、きっと彼女なら大丈夫だろうと芙蓉は思う。

「むしろ治療が中途半端に終わるほうが心配。朝比奈先生に処方箋をいただいたし、なにかあればいつでもメールしてって言われたけれど」

「きっと大丈夫よ」

「雨宮さんもメールアドレス教えてくれます？」

「もちろん」

芙蓉は作業着のポケットから、瑠香はショルダーバッグから携帯電話を取りだした。アドレスを交換しながら、芙蓉は感じる。

たぶん彼女はもう花を吐かない。


瑠香が去り、剪定を再開して一時間ほど経った頃に朝比奈がコーヒー缶を二つ持ってやって来た。

「やあ、精が出るね」

そう言いながら芙蓉にコーヒー缶を差し出す。

芙蓉が脚立を降りてコーヒー缶を受け取ると、朝比奈は近くのベンチに腰を下ろし、休憩すればと言うように自分の隣を指先でトントンと叩《たた》く。

ちょうど喉が渇いていたこともあり、芙蓉は素直に朝比奈の隣に座った。瞬間、瑠香の言葉を思い出し眉間にシワが寄った。

「あ、今、ものすごく不快な気持ちを思いだした」

「へ？　なに？」

「いえ、べつに」

缶を開けてコーヒーを喉に流し込む。

「窓から見ていたけど、ずいぶん仲が良くなったみたいだね。彼女が治療する気になったのも、そのおかげかい？　小森瑠香となにを話していたの？」

「……恋バナ」

「ええっ、本当にっ⁉」

「なんでそんなに驚く必要が？」

「あ、いや、失礼」

朝比奈が誤魔化すようにコーヒーを呷《あお》り、それからしょんぼりと肩を落とした。

「それにしても残念だな。せっかく治療する気になってくれたというのに、アメリカに行ってしまうなんて。咲かす花を擬態させる。これは新しいパターンだ。実に興味深い。誠に残念だ。なんとか留学を思いとどまるよう説得してくれない？」

「無理言わないでください。彼女の人生ですよ」

「そっか……、そうだよな。でも本当に残念だな」

コーヒー缶を弄びながら、朝比奈が心底落胆した様子でうんうん唸《うな》る。

「朝比奈さんは患者を助けたいの？　それとも患者を――」

いや、それは言い過ぎだと、芙蓉は口を閉じた。

「第一、彼女の病はもうすぐ治りますよ。植物の気配が消えていました」

「ふーん。じゃあ、いいか……」

心底つまらなそうな表情で朝比奈はコーヒーを啜《すす》っていたが、ふいに表情を明るくした。

「そういえばバス停脇の桜、樹が全体的にピンク色を帯びてきて、少し花が咲いていた。来週あたりからお花見ができるんじゃない」

さっきまでの落ち込みようが嘘のように、朝比奈は饒舌に今年の花見計画を話し始めた。

お花見。

梅の花。

梅花藻。

恋バナ。

「恋花……か」

芙蓉は消えていった瑠香の恋をいたわるように、コーヒー缶をそっと両手で包んだ。


また、春が来る。

夏ノ章　透ける花の想《おも》い

頭上から落ちる蟬《せみ》の鳴き声が、より暑さを増長させる。

脚立の上に座った芙蓉《ふよう》は首にかけたタオルで汗を拭いながら、慎重に樹皮や葉に目を這《は》わせていく。

手で触れ、においをかぎ、最後に額を合わせて次の木に移る。

月に一回、人間でいうところの健康診断だ。

四季折々の花が楽しめる公園はちょっとした植物園のようで、近隣の住人だけでなくわざわざ遠くからも人がやって来る。

散歩道をジョギングする人、木陰で昼寝をしている人、ベンチで読書している人、芝生にピクニックシートを広げてお弁当を食べる人、それぞれ思い思いに過ごしている。

公園の名称入りベストを身に着けた七十代の男性が近づいてきた。公園の管理人のひとりである今野《こんの》だ。二年前に役所勤めを終え、半分ボランティアで公園の職員を務めている。

今野が脚立の上の芙蓉を見上げて声をかけた。

「精がでますなぁ。そろそろお昼だし、事務所で休んだらどうです？」

「ありがとうございます。でも、早く終わらせたいので。夕方から雨になるようですから」

芙蓉は空を見る。

湿気の高い空気の向こうに、少し濁った青空が広がる。

「そういえば、天気予報でそんなことを言ってましたなぁ。確かに少し蒸す。湿度が高いようだ」

今野も空を見てはぁ〜とため息を吐く。

「じゃあ、お好きな時間に事務所に来てください。それにしても、最近の若い女性は勇ましいですな。女性の樹木医さんは初めてだよ」

芙蓉は苦笑する。

「増える傾向にはありますが、まだまだ女性は少ないですよ」

樹木医は力仕事が多いし、野外での活動が多いから女性に敬遠されるのだろう。虫が苦手という女性が多いのも理由のひとつかもしれない。

植物とも動物とも違う独特な生態を持つ虫は興味深く、好きか嫌いかと言われれば好きなほうである芙蓉でさえ、葉の裏に毛虫がびっしりとついているのを発見した時は背筋にぞわりと悪寒が走ってしまう。

それじゃあ、と言って今野が去って行くと、芙蓉は作業を再開した。

桜並木の散歩道は、青々とした葉の屋根が道行く人々に清涼感を与えていた。

「ねえ、なにしているの？」

桜の樹を診察していると、ふいに声をかけられた。

芙蓉が視線を落とすと、アニメのキャラクターの絵が入ったTシャツに水色の半ズボンを身に着けた五歳ぐらいの男の子が、不思議そうに芙蓉を見つめていた。

植物の診察をしている時に、道行く人に声をかけられることはよくある。

だけど、こんな小さな子どもに話しかけられたのは初めての経験だった。

桜の枝葉に顔を突っ込んでいる芙蓉に単純に興味が湧いたのだろう。

「桜の樹の健康診断をしているの」

「木の？」

「そうよ。栄養が行き届いているかなとか、悪い虫がついていないかなとか、病気にかかっていないかなとか」

芙蓉は固くてザラリとした桜の樹皮を撫《な》でて続ける。

「来年もまたきれいなお花を咲かせてみんなに楽しんでもらうために、桜の樹だって病気やけがをしていないか診てあげる必要があるのよ」

コテンと不思議そうに首を傾《かし》げる男の子に、芙蓉は少し考えてゆっくりと話しかける。

「ボクのお母さんと同じよ。ボクが体調を崩していないか、病気になっていないかなっていつも気にしているで――」

芙蓉の鼻がツンと刺激的な植物のにおいをとらえた。

男の子から微《かす》かに、青い香りがする。

改めて男の子の姿を注意深く見れば、彼の右肩に白い花が付いていた。

この子……もしかして、植物に取り憑《つ》かれている？

「ボク……」

思わず身を屈《かが》めて、彼の右肩に手が伸びる。

それに驚いたのか、男の子がいきなり踵《きびす》を返して走り出す。

「あっ、待っ――」

追いかけようと脚立から飛び降りた。地面に着地し立ち上がると、すでに男の子の姿はなかった。

「……えっ？」

芙蓉はキョロキョロと周りを見回す。

ほんの一瞬目を離しただけなのに。

芙蓉は狐《きつね》につままれた気分で近くの低木の裏をのぞき込むが、男の子の姿はなかった。

「まさか幻影……と、か」

芙蓉は額に手を当て、空を仰いだ。

ポツリ、と頬に一粒の水滴。

「え、ヤダ、もう降ってきちゃったの」

まだ頭上の空は青いが、西の方角に灰色の雲が広がっていた。

「この程度の小雨なら、もう少し作業が続けられそうね」

再び脚立に登り作業を開始する。

雨が本格的に降る前に少しでも進めたいと思いながらも、先ほどの男の子のことが気になってうまく集中できず木の声が聴きづらい。

そんな芙蓉の心を見透かしたかのように、あと一時間はもつと思っていた雨が本降りになった。仕方なく芙蓉は仕事を中断して事務所に戻ることにした。


事務所に入ると、ムワっといろんなにおいが芙蓉を襲う。

今野の弁当、錆《さ》びた流し台、コーヒー、古い雑誌や新聞。その中に混じる、甘い花の匂い。

雨の湿気がそれらのにおいを濃くして空気に滲《にじ》みださせる。

「蒸し暑い……」

思わず呟《つぶや》くと、今野がすまなそうにエアコンのリモコンを手にする。

「古いからあんまり効かなくて。除湿とかないし」

「もっと雨が強くなれば気温が下がりますかね」

事務所の奥に、自分とそう年齢が変わらないと思われる女性がパイプ椅子に座ったまま芙蓉に小さく頭を下げる。

事務所にない甘い花の匂いは彼女の香水かと納得した。

やや青ざめた女性は背を丸めて窓の外を注意深く眺めている。

今野は公園の名称が入ったレインコートを羽織りながら、流し台の横の戸棚を視線で指す。

「そこの棚に茶やコーヒーがあるから自由に飲んでくださいな。わしはちょっと迷子を捜してくるから」

「迷子……」

青白い顔をしてうつむいているのは、その子の母親なのだとすぐに合点がいく。

「先に放送を入れときますね」

レインコートを着こんだ今野が一言断って、放送台の前に立ちマイクのスイッチを入れた。

ピンポンパンポーン。

園内に金属音に似た音が響く。

『迷子のお知らせです。赤い猫のキャラクターTシャツに水色の半ズボンを穿《は》いた、身長百二十センチぐらいの五歳の男の子、青柳晶《あおやぎあきら》くんのお母さんが公園東口の事務所で待っています。青柳晶くんを見かけた方は事務所にご連絡ください。またお近くに居る様でしたら、事務所までお連れくださいますようお願いいたします』

キャラクターTシャツに水色の半ズボン。

芙蓉の頭に先ほどの男の子の姿が浮かぶ。そういえば近くに保護者がいなかった。

あの時、迷子である可能性を疑わなかったのは失態だったと、芙蓉は後悔する。

十秒ほど間をおいて、今野は放送をくり返した。

「わしは子どもを捜してきますから、お母さんはすれ違いにならないようにここにいてください。今、もうひとりのスタッフも捜していますから」

安心させるように声をかけると、母親は弱々しくうなずいた。

「私も捜します。その子、さっき会いました」

今野と母親が勢いよく芙蓉を見る。

「ほ、本当ですか？」

「ええ。少し前に声をかけられました。服装の特徴からして晶くんだと思います。傘かレインコート貸してもらえますか？」

今野はすぐさま芙蓉に自分の着ているのと同じレインコートを差し出した。

それを素早く身に纏《まと》いビニール傘を手に、さっきまで診療をしていた桜並木を目指して事務所を出て行く。

薄い塩化ビニール一枚隔てて、強い雨が芙蓉の体を叩《たた》く。

とりあえずさっきまで自分がいた桜の木に小走りで向かう。一時間ほど前まではそこそこ人がいた芝生の広場には、すっかり人影がなくなっていた。

母親を置いて公園を出るとは思えない。

だとしたらどこかで雨宿りをしているはずだ。

公園内で雨宿りできる場所は事務所か大きな木の下ぐらいしかない。

小走りで来たので桜並木にたどり着いた時には軽く息が上がっていた。レインコートの中が蒸し暑く前ボタンを外しながら男の子の姿を捜す。

「晶くーん!」

声を張り上げるが、葉を叩く雨の音にほとんどかき消されてしまう。

さきほど男の子が去って行った方向に向かって桜の木の下を歩いて行く。

雨脚はますます強く、頭上の葉が姦《かしま》しい。

樹の根元がキラリと光った。

ガラスの破片が落ちているのかと、芙蓉は目を細めてしゃがみ込み顔を近づけた。

「これは……花」

繊細なガラス細工でできたような、透明の小さい丸い花弁《はなびら》。

そっと摘まんで手のひらに載せると、しっとりと湿った花弁が吸い付く。

「山荷葉《サンカヨウ》の花がなぜここに？」

山地や亜高山の主に湿った土地で育つ植物で、最大の特徴は可憐《かれん》な白い花が水を吸うとガラスのように半透明になることだ。

雨や露に濡《ぬ》れた姿は、なんとも言えない神秘的な美しさがある。

「もしかして、あの子の肩に……」

さっきは脚立の上から、しかもほんの数秒だけだったから白い花としか認識できなかったが、花全体の形や大きさから山荷葉である可能性が高い。

目を凝らすと、桜並木に沿って点々と山荷葉の花が足跡のように落ちている。

花をたどっていく芙蓉の耳に子どもたちの笑い声が届く。

足を止めると、三本先の桜の樹の陰から半ズボンから伸びた細い足が見えた。

脅かさないように静かに近づいて、正面に回り込み、アッと声を上げそうになった。

男の子は二人いた。

ひとりはさっき芙蓉に声をかけてきた男の子に間違いない。

もうひとりは色の白い子だった。

髪の色もプラチナブロンドのように色素が薄く、雪のように白い肌に、灰色の瞳。

でもよく見れば、顔立ちはふたりともよく似ている。

服装も似ている。違うのは白いほうの子の服にはキャラクターの絵がないことだ。

兄弟だろうか。

でも、母親が捜していた息子はひとり。芙蓉は晶と思われる、キャラクターTシャツを着た黒髪の男の子に声をかけた。

「晶くんかな？」

「うん。お姉ちゃん、誰？」

首を傾げる晶に、隣に立つ白い子が顔を寄せて耳打ちする。

「あ、桜の樹のお姉ちゃんか」

「ここで雨宿りしていたのね。お母さんが捜していたわ」

芙蓉はポケットから携帯電話を取り出し、今野に子どもを見つけたと報告する。すぐに今野が事務所に戻って母親に伝えるだろう。

問題はもうひとりの子だ。

「ええと、キミはお母さんと来たのかな？」

携帯電話から顔を上げて問いかけ、芙蓉は金縛りのように固まった。

視線の先には晶しかいなかった。

慌ててあたりを見回すが人影はない。

「隣にいた男の子はどこへ行ったの？」

晶はふふふと悪戯が成功したような含み笑いをする。

「見つかったらお終《しま》いなんだって」

「お終い？」

「うん。かくれんぼはお終い」

「かくれんぼ？　どこかに隠れたの？」

芙蓉は近場の木の裏をのぞく。

「もう、消えちゃったよ」

晶が芙蓉の慌てっぷりをクスクスと笑う。

「……消えた？」

少年の足元を見れば、その隣、白い少年が立っていた場所に、半透明な山荷葉の花が十数輪落ちていた。

晶は芙蓉の手からビニール傘を取る。

「ママのところに行かなきゃ」

傘を空に向かって広げると、透明のビニールに雨粒が落ちて転がっていく。

「雨の日はいつもママに心配させちゃうから」

駆けだそうとする晶の手を芙蓉が握る。

「走ったら危ないわよ」

晶は素直に芙蓉と手を繋《つな》いで、ゆっくりと歩き出した。時々水たまりや珍しい花の前で立ち止まったりしながら事務所に向かう。

晶はふと思いついたように顔を上げた。

「かくれんぼが見つかったのは初めて。お姉ちゃん、すごいね」


清潔で虫一匹いない白い廊下が気持ち悪い。

両脇の壁が恐ろしい圧迫感を与える。

ハエトリ草にうっかり止まってしまったハエの気分だ。

なにかの拍子に左右の壁がバタンと閉じて、二度と空を見ることなくすべてを吸い取られ消滅する。そんな不気味な姿を想像してしまう。

長い廊下を曲がると薬品がしみ込んだような空気が少しずつ薄まって、代わりに古い学校に漂うような空気が濃くなってくる。

研究棟に入ると、だいぶ呼吸が楽になる。

朝比奈《あさひな》と名札の出ているドアの前で立ち止まり、思い切りドアを叩いた。

そして、返事も待たずにドアを勢いよく開ける。

いてもいなくても、昼間にここの鍵が閉められていることはほとんどない。

「イマジナリーフレンドは病にかかると思う？」

いきなり研究室に入ってこられ、さらに突然摩訶《まか》不思議な質問をされた朝比奈はポットを持ったまま完全に時が止まっていた。

「あ、コーヒーを淹《い》れようとしていたのね。私にもお願い」

芙蓉は図々しくオーダーし、実は結構お気に入りのソファにドスンと尻から飛び込むように座った。

朝比奈が眉間にしわを寄せる。

「……ツッコミが追いつかない」

それでも指先でこめかみをグリグリ押しながら、二つのカップにコーヒーを注いだ。一つを芙蓉に渡し、もう一つは自分のデスクに置き、椅子に座って足と腕を組んで考える。

「イマジナリーフレンドなら、それを生み出した人間がお友だちは病にかかったと想像すれば病気になるんじゃないの」

「なるほど。つまり本人の病がイマジナリーフレンドにも感染したと」

芙蓉は大きくうなずきコーヒーを啜《すす》った。

「キミが来たってことは、新しい患者に出会ったってことだよね」

ワクワク感を隠さずに、朝比奈が先を急《せ》かす。

芙蓉は無視してコーヒーをゆったりと味わう。

「で、今度はどんな患者。寄生植物はなに？」

朝比奈がパソコンを立ち上げデータベースをのぞく。芙蓉は立ち上がり、シャツの胸ポケットから二つの花を取り出し、邪魔するように朝比奈の目の前に差し出す。

一つは樹脂で固められた白い花、もう一つは黄色の雄蕊《おしべ》と黄緑色の雌蕊《めしべ》が樹脂に浮いているブロック。

「なにこれ？」

「よく見て」

芙蓉に言われて朝比奈は雄蕊と雌蕊が浮いているブロックを窓の光にかざして目を近づけた。

「……ある。わかりにくいけど、透明の花弁が」

もう一つの白い花と見比べて、朝比奈はあっと声を上げた。

「聞いたことがある。水に濡れると透明になるって花か。名前までは覚えてないけど」

「山荷葉といいます。透明な花として植物好きには有名よ」

「それで？　イマジナリーフレンドと、どう関係があるの？」

イマジナリーフレンドとは想像の友だち。幼い子によくある現象だ。

「今回の患者は五歳の男の子。山荷葉に取り憑かれていて、雨の日に山荷葉の花弁のごとく透明になってしまう」

「それは危ないな。車に轢《ひ》かれたりしたら大変だ。すぐになんとかしないと」

ボタニカル病には少々野次馬根性を見せる朝比奈だが、本業である命を救う医師として生命の危険には敏感に反応する。

「相手とはコンタクトとれるの？」

「コンタクトがとれるかどうかはわかりませんが、一応糸は繋いでおきました」

芙蓉の耳の奥で、あの日の雨が降る。


晶と手を繋いで事務所に戻ると、母親は安堵《あんど》の表情を浮かべ、次に眉を顰《ひそ》めた。だが叱ることはせず、諦めたような虚無感で我が子の頭を撫でた。

「また、お友だちが来たの？」

「うん。ちょっと遊んでいたの」

母親は一瞬顔を歪《ゆが》ませたが、すぐにため息とともに表情を和らげ、芙蓉と今野に向かって深く頭を下げた。

「お手を煩わせ申し訳ございませんでした。本当にありがとうございます」

　ほら、と母親に促されて晶もごめんなさいと芙蓉たちに頭を下げる。

「大事にならずによかった、よかった」

　今野が親子を安心させるようにガハハと大きく笑う。

　晶が母親のスカートを引っ張った。

「ママ、おしっこ」

「まあっ、この子ったら」

「奥の黒い扉がトイレですよ」

　今野が指さすと、晶が小走りでトイレに駆け込んだ。

「重ね重ね本当にすみません」

　縮こまって恐縮する母親に、少し迷ってから芙蓉は声をかけた。

「晶くんはよく迷子に？」

　母親がため息とともに答える。

「特に雨の日には。だから雨の日には、なるべく外出しないようにしているのです。今日も雨が降る前に帰るつもりだったのですけれど」

「予報よりもずいぶん早く降ってきましたからなぁ」

　今野が窓の外を見てうなずく。

「子どもが雪に興奮するのはわかりますが、うちの子はどうやら雨になるとはしゃいでしまうようで、ちょっと目を離しただけで消えるようにいなくなってしまうんです」

消えるように、という母親の言葉に芙蓉は目を見開く。

「……雨の日にはお友だちがやって来るとか？」

芙蓉の言葉に母親が目を丸くする。

「……それは……、晶に聞いたのですか？」

「ええ。雨の日に会いに来てくれるって。そして、かくれんぼをするらしいです」

母親が萎《しお》れた花のようにうなずく。

「息子にはイマジナリーフレンドがいるようで」

「いまじなりーふれんど？」

今野が首を傾げる。

「想像上の友だちです。子どもには、よくあることらしいのですけれど」

「ははあ、想像力がたくまし過ぎるってことですか。もしかしたら、将来大物になるかもしれませんなぁ」

今野は楽観的に笑うが、母親のほうは弱々しく口元を緩めただけだ。

しょっちゅう迷子になるなんて、親としては心配の種でしかない。

芙蓉は別の心配をしていた。

彼に寄生している山荷葉が寄生主の姿を消してしまうというのなら、それはとても危険なことだ。

「イマジナリーフレンドは成長するにしたがって消えるパターンが多いようですよ」

だてに心療内科の朝比奈とつるんでいるわけではない。イマジナリーフレンドなど、心理用語や精神病などの医療知識に詳しくなっていた。

「でも……」

母親が言葉を濁す。

「もしも何かあったら、ここに相談してください。決してひとりで抱え込まないでください」

芙蓉は一枚の名刺を母親に手渡す。

「この医者はあなたの助けになってくれるかもしれません」

差し出したのは心療内科、朝比奈の名刺。


「というわけで、その男の子の母親が来ると思うので」

朝比奈が顔を顰める。

「いつもは僕が患者を雨宮さんに紹介するのに、逆パターンだね」

やれやれと朝比奈が肩を揉《も》みほぐす。

「でも、母親がここを訪ねて来るって保証はないんだろ」

「保証はないです。でも、たぶん来ると思います。母親ですから、息子の身に普通じゃないなにかを感じ取っているはずです。それにしても」

芙蓉はぐりぐりと自分自身の肩を揉みだす。

「ここの病棟はなんか妙に肩が凝るわ。無機的過ぎて圧迫感がする。ところどころに花でも活《い》けたら？」

「今度の会議に提案でもしてみるよ。それよりも毎回律儀に表玄関から入ってくることないのに。雨宮《あまみや》さんは僕が個人的に雇っているアシスタントで病院の中庭の専属庭師でもあるんだから、関係者出入り口から入ってくればいいのに」

芙蓉は虚を突かれたようにポカンと口を開ける。

そうだ。

自分には自由に国立国際医療研究センター病院を出入りできる身分証を発行されている。

だけど、自分は病院棟から入らなくてはならない気がしていた。

肩を揉んでいた手を額に当てた。

なんでだろう。

芙蓉の予想通り、数日後には青柳夫人から朝比奈のところに連絡があった。

「母親からは僕が話を聞くから、雨宮さんは晶くんの話を聞いてよ」

と、電話があったのが昨日の夜。

こちらの都合も聞かないでと、少々不機嫌になりながら病院へ来た。

心療内科の診察室前にある椅子に患者に交じって座って朝比奈を待つ。

約束の時間から遅れること十分、診察室のドアが開き、朝比奈が晶の手を引いて現れた。

すぐに芙蓉を見つけてやって来る。

「あ、お姉ちゃんだ」

晶が弾んだ声をあげた。

朝比奈はしゃがんでシーっと人差し指を口の前で立てる。

「先生はお母さんともう少しお話があるから、このお姉ちゃんと遊んでいてくれるかな」

キョトンとする晶に芙蓉が声をかける。

「面白い花を見せてあげる」

右手を差し出すと、うんと大きくうなずいて晶は芙蓉の手を握った。

薬品のにおいがする病院棟を早く抜け出したくて油断すると歩調が早くなってしまうのを、右手の柔らかくて温かい感触が抑えてくれる。

病院を出ると夏の熱気がふたりを包む。

時刻は午後二時。

一番気温が上がる時だ。

「……やっぱりカフェに行こうか」

「面白い花は？」

晶が口を尖《とが》らせるので、芙蓉は白旗を上げる。

「暑いから、ちょっと見たら涼しいところに行こうね。熱中症で倒れたら困るから」

子どもの好奇心は夏の不快な暑さを凌駕《りょうが》するらしい。

ふたりは手を繋いだまま中庭にやってきた。

土と緑のにおいがムワッと鼻につく。

夏は植物の生長が早い。ちょっと目を離せば、雑草も勢力を伸ばしている。

明日は手入れしなければと考えていれば、晶が待ちきれないように手を引っ張る。

「ねえ、どれ？　どこ？」

「花が好きなの？」

男の子にしては珍しいと、芙蓉は目を瞬《しばた》く。

「うん、お友だちがお花好きだから」

「そのお友だちって、雨の日に私と会ったお友だち？」

晶が嬉《うれ》しそうにスキップして、芙蓉の腕が不自然に曲がったり跳ねたりする。

「お姉ちゃんには見えたんだよね、僕のお友だち。すごいや」

すでに芙蓉も晶も額に汗をたくさん浮かべている。

芙蓉は向日葵《ヒマワリ》が咲いている花壇の前に晶を連れて来る。

「ほら、この向日葵」

芙蓉が指さすよりも早く、晶がスゴイと声を上げた。

「こんな向日葵初めて見た！　なにこれ、向日葵のお化け？」

晶が興奮するのも仕方ない。芙蓉だってこれを初めて目にした時は思わず叫びだしたくなった。

向日葵のお化けとは言い得て妙だ。

芙蓉が晶に見せた向日葵は、一本の茎に八つの花が咲いていて、毬《まり》のようになっていた。

周りに咲く向日葵は、どれも一本の茎の先に一輪の花が太陽のほうを向いている。

毬のような向日葵は八つの花がそれぞれ前後左右上下に向かって窮屈そうに花弁を広げていた。

本来は一輪の花しか咲かない向日葵。

だがこの向日葵は三百六十度、どこから見ても花と対面できる。

これは綴化《てっか》と呼ばれる植物の突然変異だ。生長点が突然変異で連続的、不連続的に異常になる現象。

綴化自体はそれほど珍しい現象ではないが、ここまで大きな変化をしているものはなかなかない。

他の向日葵が凛《りん》と一輪で咲いているのに対して、こちらは一つ一つの花が少し小さくて慎ましやかだ。だけど、兄弟に囲まれて賑《にぎ》やかで楽しそうにも見える。

このまま向日葵に吸い込まれてしまうのではないかと思うほど、晶は目を真ん丸にしてジッと見つめている。

脳天を焦がす夏の日差しが痛い。

「そろそろ暑くなってきたから、建物の中に入ろう」

まだ奇妙な向日葵を見ていたそうな晶を引きずるようにして建物に入り、売店に連れていく。

アイスを買ってあげると言えば、予想通り晶は喜々として売店のアイスボックスに顔を突っ込んだ。もう向日葵のお化けを忘れたようだ。

アイスとジュースを買って、芙蓉は朝比奈の研究室に逃げ込む。

エアコンの温度をガンガンに下げたかったが、晶のことを考えエコ温度で我慢することにした。

ソファに座って、芙蓉はカップに入ったバニラアイス、晶はキャラクターの絵が入ったメロン味のアイスを食べ始める。

「あー、冷たくて美味しい。生き返るわ」

木のスプーンを咥《くわ》えながら、朝比奈の携帯に晶と研究室で待っているとメールを送った。

すでにアイスを食べ終えた晶が、同じキャラクターの絵が入ったオレンジジュースを飲んでいる。

「ねえ、雨の日に会いに来るお友だちって、いつ頃から会うようになったの?」

晶はしばらく足をぶらぶらさせて迷っているような、もったいぶっているような様子をみせていたが、やがて決心したように足を止めた。

「お姉ちゃんは僕のお友だちが見えたから教えてあげる」

「なに?」

「本当はお友だちじゃないんだ」

「……友だちじゃないの?」

うん、と晶が得意げに首を縦に振り、世界の仕組みでも教えるように真剣な顔で芙蓉の耳に口元を近づけた。

この部屋にはふたりしかいないのに、内緒話の意味があるんだろうかと思いつつ、芙蓉は上半身を傾けて晶に耳を貸す。

晶は芙蓉にそっと真実を告げた。

「お兄ちゃん」

「……は？」

一瞬、オニイチャンという意味さえわからなかった。

「お友だちじゃないの。お兄ちゃんなの」

ダメ出しのように晶がくり返した。

芙蓉は耳を離して、晶の目を見つめる。

「お兄さん？」

「そうだよ」

「でも、晶くんは一人っ子で兄はいない……よね」

「いるよ。お姉ちゃん、見えたでしょう」

晶にそっくりな、でも晶よりは一回り小柄で存在感の薄いアルビノに似た姿をしたあの子が兄……。

イマジナリーフレンドではなく、兄。

どういうこと？

「僕、ママのお腹《なか》にいる時からお兄ちゃんと遊んでいたもん」

「お兄ちゃんは今どこにいるの？」

「内緒。かくれんぼだから」

「そっか……」

彼は山荷葉の花のように、自分の姿が透明になることに気づいていないようだ。隠れているだけのつもりだ。

兄が消えるのも、彼にとってはかくれんぼの延長なのだ。

芙蓉はソファを立って、棚から朝比奈に渡した樹脂コーティングした山荷葉を取り出して、晶の前に差し出す。

「この花、知っている？」

六枚の白い花弁と黄色の雄蕊のコントラストが鮮やかな花。

もう一つは、同じ形なのに花弁が半透明の花。

晶は芙蓉の手のひらに載った二輪の花を、首を傾げながら見つめている。

しばらくしてポツリと言った。

「……よくわかんない。見たことがあるかもしれない。名前はわかんない」

「そう。ありがとう」

芙蓉は棚に山荷葉を戻しながら考える。

晶は自分が植物に寄生されていることも、自身の体から花を零《こぼ》していることも気づいていない。

……寄生されているのは本当に晶なのだろうか。

芙蓉の背中を冷えた汗が流れていった。

「幽霊は病気にかかると思う？」

朝比奈に伴われて研究所にやって来た母親が晶を連れて帰り、二人きりになるなり芙蓉が尋ねる。

予想通り、朝比奈がポットを持ったまま凍結する。

「……イマジナリーフレンドの次は幽霊？　どういうこと？」

「晶くんには幼少で亡くなった兄の幽霊が取り憑いていて、その幽霊がさらにボタニカル病に取り憑かれている」

「うん、ごめん。よくわかんない」

朝比奈はコーヒーを淹れ始めた。芳醇《ほうじゅん》なコーヒーの香りが、日焼けした家具や書籍のにおいを隅に追いやる。

カップを受け取って、芙蓉はさらに質問を重ねる。

「胎児は母親のお腹の外にいる人間とコミュニケーションをとることができるかしら？」

ますます朝比奈が怪訝《けげん》な顔をする。

「言葉通りに受け取ることも、信じることもできないけど。なにしろ、子どもって突拍子もないことを言いだすから」

「雨宮さんも十分突拍子もないこと言っているよ」

ズズズっと朝比奈がコーヒーを啜った。

「で、コミュニケーションはとれるの？」

「会話のように高度なコミュニケーションはもちろん無理だよ。でも、胎教なんて言葉が一般的になった今、全くとれないとも言い切れない」

「どっちなの？」

「胎児も五カ月を過ぎると聴覚を持つようで、母親の声に反応したり、外部の大きな音におびえるように身を縮ませたり、心拍数が早くなるっていうのは確認できている。そういう大きな意味ではコミュニケーション、というか外部からの刺激に反応はする。本を読んだり、英語を聞かせたり、クラシック音楽を流したりするといい影響を与えるっていうのは、まだ医学的根拠はないけれど」

ふむ、と芙蓉が頷く。

「それより晶くんにお兄さんはいないよ。故意に母親が隠しているのでなければ。まあ、健康保険証から出産記録をたどっていけばわかるけど。嘘《うそ》をつくような人には思えなかった」

「お母さんと面談してわかったことは？」

朝比奈がファイルを捲《めく》る。

「物心ついた頃には、すでにイマジナリーフレンドがいたらしいね。特に雨の日に固執するなど、発育障害やアスペルガー症候群を疑って小児科に相談にも行ったらしい。けど、検査の結果は問題なし。想像力豊かな子ってことで終わった。むしろ、すぐに我が子を見失う自分に問題があるのではないかと、母親自身が精神科を受診しようかと迷っていたらしい」

「なんで雨の日なのだろう……」

コーヒーカップを手に、窓から中庭を見下ろして芙蓉が呟《つぶや》く。

「ちょっと、俺の話聞いていた⁉」

朝比奈のイラついた声を無視して、晶がお化けと喜んでいた綴化した向日葵を見つめる。

生長点が突然変異した花。

他の向日葵と違い、兄弟がひしめいているような姿。

晶は山荷葉を知らない。

自分の体が花を咲かせている自覚もない。

自覚がなければ治療は難しい。

ボタニカル病は心を植物に寄生される病だ。

進行や病状を抑える薬はあっても、治すには患者本人の治したいという意志が必要だ。

なぜ雨の日なのだろう。

雨、山荷葉、水、透明、消える晶。

水分を吸って、少しずつ色を失い透明になる花弁。

「もう一度、彼に会いたい」

アルビノのような姿をした、晶の兄に。


なぜ自分がストーカーのようなことを、と芙蓉は灰色の雨空を睨《にら》みながら恨めしく思う。晶が通う幼稚園の門から少し離れた道の反対側に立ち、彼が幼稚園を出てくるのを待っている最中だ。

傘に落ちる雨粒の音が一定のリズムを刻んでいる。

思った以上に強くなる雨脚は芙蓉の心をじっとりと湿っぽく重たくする。

傘が受け止めきれなかった雨粒が左肩に落ちて、生ぬるくシャツの袖に広がっていく。

幼稚園の門の周りにお迎えの母親たちが徐々に増えて来る。

母親たちが十数人集まったところで園舎が突然騒がしくなり、幼児たちが次から次へと園庭に飛び出してきた。

「しまった……」

母親たちに交じって柵越しに園庭をのぞいていた芙蓉は舌打ちをする。

園児たちは園指定の黄色いレインコートを羽織っていて、これでは晶を見つけることは困難だ。

母親が子どもを見つけるよりも早く、子たちが母親を見つけて駆け寄っていく。

手を繋ぎながら仲睦《なかむつ》まじく一組、また一組と親子が帰っていくのを横目に、焦る気持ちで園庭に目を走らせる。

「あっ」

鉄棒の横、大きな樫《カシ》の木の下にできた水たまりを長靴で蹴って遊んでいる男の子の肩に白い花が乗っているのが見えた。

芙蓉は園内に足を踏み入れて、樫の木の下へと急ぐ。

「晶くん」

振り返った男の子は間違いなく晶で、芙蓉はホッと胸をなでおろす。

「こんにちは、少しお話ができないかな？」

晶は不思議そうな顔をして芙蓉を見上げている。

「今日は、もうお兄ちゃんと会ったの？」

兄という単語を口にしたとたん、晶の顔が綻ぶ。

「お姉ちゃんも一緒にかくれんぼする？」

晶が芙蓉の手をギュッと握って走り出す。

「えっ、ちょ、ちょっと待って」

子どもとはいえ勢いよく引っ張られて、芙蓉は体勢を崩しながらヨタヨタとついていく。

晶は門へと駆けていくが、そこは迎えの保護者と親を見つけた園児で混み合い、さすがに速度を落とさざるを得ない。

晶は猫のように人々の隙間に入り込んでいくが、体の大きい芙蓉は周りの人に声をかけ頭を下げて道を譲ってもらわないと進めない。

いつの間にか繋いでいた手が離れた。

人混みを抜けて大通りの歩道に出た芙蓉は辺りを見回し晶の名前を呼ぶ。

歩いている人々は、レインコートと傘で顔が隠れている。

「晶くん？　晶くん、どこ！」

少し車道に体をはみ出させて彼の名前を連呼する。

「お姉ちゃーん」

道の反対側から声がして、振り向けば晶が手を振っていた。

芙蓉は素早く左右を見て、雨水が跳ねズボンの裾が汚れるのもいとわず車道を横切って彼のもとへ駆けていく。

が、晶の手を取ろうと腕を伸ばした瞬間、彼はこっちと言ってまた走り出してしまった。

「危ないから走らないで」

雨に濡れたパンプスの中で足が滑り、脱げて転びそうになってガードレールに手をついた。

子どものテンションの高さをなめていた。

母親が言っていたではないか。

雨になるとはしゃいでしまうから、ちょっと目を離しただけで消えるようにいなくなってしまうと。

背中に冷たい汗が伝う。

傘を持ち直した時、すでに三メートルほど先を走っていた晶の姿が消えた。

芙蓉の横を、後ろに園児を乗せた自転車が通り過ぎる。

「晶くん！」

傘もパンプスも捨てて彼がいた場所に飛びつく。

指の先に半透明な花が見えた。

必死に腕を伸ばすと、何かに触れた。

もう一歩飛び出して固い空気を自分のほうへ引き込んで抱きかかえ、ガードレールのほうへ倒れこむ。

キキキーっと耳をつんざくようなブレーキ音を立てて自転車が止まる。

歩道の脇に倒れこんだ芙蓉を、自転車のサドルから母親が驚いた顔で声をかける。

「大丈夫ですか?」

自転車とは接触していない。

彼女は芙蓉が雨で滑って転んだのだと思ったのだろう。

「あ……、大丈夫です。驚かせてすみません」

「お気をつけて」

母親は小さく会釈してペダルを踏みだした。

空気を抱きしめた腕の中には晶がいた。

芙蓉は肺の底から息を吐き出す。

「ケガはない?」

晶はキョトンとしている。

芙蓉がどうしてこんなことをしたのか、わかっていないようだ。

晶の手をしっかり握ってゆっくりと立ち上がり、置いてきた傘を拾い、転がったパンプスに足を入れる。

「どこに行こうとしたの? お兄ちゃんとかくれんぼできるところ?」

「うん。近くに公園があるの」

言うが早いか、また走り出そうとする。

芙蓉ははやる彼の心を抑えるように手に力を入れて、二度と見失わないよう注意しながら引っ張られて、幼稚園から徒歩五分ぐらいの公園に連れてこられた。

住宅地の中にある小さな児童公園で、砂場とブランコ、滑り台、ベンチが設置され、周りを躑躅《ツツジ》などの低木と銀杏《ギンナン》の高木が囲んでいた。

都会の隙間でホッと一息つけるような素敵な公園だったが、雨のせいで芙蓉と晶以外誰もいない。

晶の肩にまた山荷葉が咲いていた。

白い花弁が雨に打たれたところから色が薄まっていく。

「お兄ちゃんが来るの？」

芙蓉が山荷葉を見つめながら問うと、晶は得意げに笑う。

「もうかくれんぼは始まっているよ」

「えっ」

晶から色彩をとったような兄が、もうこの公園に現れているのかと、あちこちに目を這わせるが見つからない。

雨の音が激しくなった。

「僕は病気じゃないよ」

晶の声に視線を戻し、息を飲んだ。

晶の手を繋いでいた左手は、彼の兄と繋がっていた。

真っ白い髪と肌。

少し赤みがかかった瞳が芙蓉を見上げていた。

「晶くんのお兄ちゃん？」

晶に隠れていたのか。

「会うのは二回目ね。覚えている？」

晶の兄はうなずく。

彼の足元には、ガラスのような半透明な花弁を広げた花が落ちていた。

「晶くんの体が透明になるのは、とても危険なの。さっきも自転車に轢かれそうになったわ。わかる？」

幼児が周りに注意しろというのは無理だ。

子どもは興味のあるものを見つければ、すぐに飛び出してしまう危うい存在。ましてや存在を他者に認識してもらえなければ。

ここまで事故に遭わずにいたことが奇跡だ。

ボタニカル病にかかっているのがこの兄ならば、彼に晶を解放してもらうように説得しなければならない。

幼い男の子にどう伝えればいいのか何時間も悩んできた。そして、まだ結論は出ていない。

「私は晶くんの病気を治したいの。治ったら、あなたは晶くんと会えなくなるかもしれないけど、許してくれる？」

晶を説得するべきなのか、兄を説得すべきなのかわからない。

でも今、目の前にいるのが晶の兄なら彼に語りかけなくては。

ボタニカル病で現れた兄なら、彼を通して晶にも言葉は聞こえるはずだ。

「お願い。彼に寄生している山荷葉を消すのに協力して」

「……山荷葉？」

「あなたが咲かせる花よ」

芙蓉は彼の手を握ったまましゃがんで、足元の落ちている半透明になった花を摘まむ。

「晶くん、あるいはあなたに寄生している花。姿が見えなくなるのは、とても危険なこと。他者に存在を認識されないのは、とても危険なことなの」

――他者に存在を認識されない。

芙蓉は自分の言葉に胸が痛くなる。

なぜだろうと思う間もなく、左手に激しい衝撃を受けた。

繋いでいた手を乱暴に振り払われたのだ。

目の前にいたのは白い髪と肌の男の子ではなく、晶だった。

「やだ！」

晶が叫んだ。

「お兄ちゃんに会えなくなるのはやだっ！」

芙蓉は次の言葉を失う。

寄生している山荷葉を消せば、兄の幻と邂逅《かいこう》できなくなることが本能としてわかったのだろうか。

芙蓉は半透明になった山荷葉を晶に見せる。

「これと同じなの。晶くんの姿が見えなくなったら、車も自転車もよけてくれない。お母さんも困っているの。だから――」

「やだっ！」

晶が芙蓉の手の山荷葉を払う。

「お兄ちゃんと会えないのはやだ！　僕たちはずっとかくれんぼして遊ぶんだから」

晶が芙蓉に背を向けて走り出す。

視界に一瞬見えた白い兄の姿に気を取られた隙に、晶の姿を見失った。

正確には透明になった晶の姿を見失った。

芙蓉は自分の迂闊《うかつ》さを呪う。

晶が走り去って行った方向はわかっている。

さっきと同じように見えない彼に向かって両腕を伸ばすが、なにをも摑《つか》めずに宙を切ってバランスを崩して倒れこむ。
見失った⁉
泥まみれのまま芙蓉は目を走らせる。
晶はどこ⁉
グシャっとなにかが押し潰される音が鈍く響いた。
公園前の道路に顔を向ける。
トラックが通った後に、真っ赤な血が飛び散っていた。
血はどんどん道路に広がっていく。
アメーバが触手を伸ばすように。
芙蓉は泥だらけのまま立ち上がり、幽霊のようにふらふらと道路に出ていく。
血だまりの中から、黄色のレインコートが浮かび上がる。
乱れる黒い髪、潰れた顔、タイヤの跡がついた肌色の足。
芙蓉は自分の悲鳴で気を失った。

汗だくになって目覚めると、見慣れぬ天井が広がっていた。
「雨宮さん、大丈夫？」

朝比奈が冷水で絞ったタオルをそっと頰に載せた。

芙蓉は頰のタオルを受け取って、自分の荒い息を自覚する。

「危険なの。晶くんの母親に全部話しましょう」

植物が人に寄生するなんて話、すぐに受け入れてくれるとはわからない。でも、本当のことを話さなければ晶の命が危ない。

「人の命には代えられない。今すぐ本当のことを」

焦る芙蓉に朝比奈が穏やかにゆっくりと話しかける。

「落ち着いて。怖い夢でも見たのかい？」

怖い夢……。

いつの間に自分は朝比奈の研究室のソファで眠っていたのか。

朝比奈が子どもに言い聞かせるように、芙蓉の前に膝をつき、目線の高さを同じにして語り掛ける。

「母親にすべてを話そう。そう合意して、今日、雨宮さんはここに来たんだ。晶くんのお母さんの都合で約束の時間が三時間遅くなったけど、もう少しで面会できるよ」

母親と面会？

今日？

覚えていない。

それに、いつ朝比奈の研究室にやって来たのかも。

朝比奈が安心してと言うように、微笑んでミネラルウォーターのペットボトルを差し出す。

芙蓉はペットボトルを受け取って、勢いよく水を喉に流し込む。

冷たい水が体にいきわたると、混乱していた頭が少しずつに冷静になっていく。

思い出した。

冷たい息を吐き、頭を軽く振って記憶を整理する。

朝比奈の言うとおりだ。

あれから何度か晶に接触し説得を試みたが無理だった。五歳の子どもに理解を求めるのは難しいことだろう。晶は自分の病を自覚していないし、体が透明になる危険さえよくわかっていない。

だから「治したい」という意志が生まれない。

長期戦でいくしかない。母親にすべてを打ち明け、雨の日は極力外出させないようにし、もしどうしても必要なら芙蓉を同行させるなどして対策を立てながら、彼が成長し理解ができるまで粘り強く説得してもらおうと。

朝比奈が苦笑しつつ、今度はコーヒーの入ったマグカップを差し出す。

「大丈夫？　いつも夏は調子がいいのにね」

「夏は……？」

マグカップを受け取りながら芙蓉が問いかけると、朝比奈はバツが悪そうに視線をそらせた。

「夏以外の私は調子が悪かったっけ？」

ぼんやりと他人事のように思う。

そんな自覚はない。

生身の人間だから体調の悪い時もある。感情に左右される時もある。

でも、それが季節に関係しているとは……思えない。覚えがない。

さらに詰め寄ろうとする芙蓉の耳に、コンコンと扉を叩く音が響いた。

「あ、青柳さんがいらっしゃったようだ」

助け舟が来たとばかりに朝比奈が小走りに芙蓉のもとを離れ、研究室のドアを開けた。

そこには青柳夫人だけが立っていた。

朝比奈が彼女を迎え入れ、芙蓉の隣に座るよう促す。

三人掛けの左に芙蓉、右に青柳夫人。隣の夫人から覚えのある甘いフローラル系の香水が香る。

デスクの椅子をソファの前に持ってきて、そこに朝比奈が座る。

「晶くんは、どうしていますか？」

重い雰囲気の中、芙蓉は最初に口を開いた。

「あ……、今日は主人が休みなので」

不安と緊張を顔に貼り付けた青柳夫人が強張った声で答える。

「それで……息子が病気というのは」

朝比奈がゆっくりと落ち着いた声で話し始める。

「とても信じられないと思いますが、息子さんは植物に寄生されています」

「しょ、植物に、寄生？」

「山荷葉という植物です」

「ま、待ってください。植物が人間に寄生するなんてことあるんですか⁉」

朝比奈は今までのボタニカル病患者のデータを並べて、淡々と説明する。

「息子の姿が消える……なんて。体が透明になるなんて」

青柳夫人は顔を真っ青にして体を震わせた。とても信じられないだろうし、信じたくないだろう。

「もう一つ、病状と思われるものがあるのですが」

躊躇《ためら》いつつ芙蓉が声をかけると、青柳夫人の瞳がさらに困惑と不安に揺れる。

「まだ……息子になにが……」

「晶くんの言う空想のお友だちも、ボタニカル病が見せているのだと思います。それで大変失礼なことをお尋ねしたいのですが」

怯《おび》える夫人をなるべく刺激しないよう、声を落として静かに話しかける。

「実は迷子になった晶くんを見つけた時、彼にそっくりな男の子を見ました。その彼のことを晶くんはお友だちと言っていましたが、あとでこっそり本当は友だちじゃなくて兄だと教えてくれました。晶くんにはお兄さんがいらっしゃいましたか？」

「兄……？」

夫人は眉間に深いしわを寄せる。

「晶は長男で兄弟なんて」

空想の友だちではなく、空想の兄弟かと芙蓉も考えた。

でも、芙蓉に見えたということは、色の薄いもう一人の晶はボタニカル病による現象、病状だ。

芙蓉は用意していた山荷葉をテーブルに置く。

樹脂で固められた真っ白い花弁に鮮やかな黄色の雄蕊を持つ可愛らしい花。

「これが晶くんに寄生している山荷葉という花です。この花はとても面白い特徴がありまして、雨や朝露、水に濡れると花弁が透けるのです」

花弁が半透明になったもう一つの山荷葉をテーブルに置いた。

樹脂コーティングされて、ガラス細工のように輝いている花。

「この花のように晶くんが消えて、代わりにお兄さんが現れる。この意味を私は――」

ふいに鼻を掠《かす》めたにおいに芙蓉の唇が止まる。香水ではない、別の香り……。

隣に座る夫人が二つの花を凝視しながら涙を流していた。

涙が零れるほどに、コーヒーと甘い香水の香りにかき消されていたにおいが濃くなる。

芙蓉の胸の奥を刺す植物のにおい。

自分は勘違いしていた。

大きな勘違いをしていた。

芙蓉の心臓が大きな音をたてる。

肋骨と筋肉と皮膚を突き破って、体の外に出てしまいそうだ。

夫人が白と半透明、二つの花をそっとすくい上げる。

「どうして私は……忘れていたの！」

涙が白い花弁と半透明な花弁に落ちる。

「晶には兄弟がいました。兄か弟かわからないけれど、確かに兄弟がいました。晶は一卵性双生児だったのです」

夫人は二つの花を抱きしめながら懺悔《ざんげ》するように頭を垂れる。

「雨の日……、雨の降る日に消えてしまったのです。もうひとりの私の子が……。双子だとわかったすぐ後に……」

嗚咽《おえつ》を漏らす夫人の背中を芙蓉がそっとさする。

夫人が落ち着くのを待っていた朝比奈がコーヒーを一口含んでから、慎重に尋ねた。

「バニシングツインですか」

夫人が小さくうなずき、疑問符を浮かべている芙蓉に朝比奈が説明する。

「消失《バニッシュ》した子どもという意味。胎のうが二つ確認できていたのに、初期の段階で一つ消失してしまうこと。つまり、双子の片方を初期流産し、そのまま母体に吸収されてなくなる現象だよ。それほど珍しい現象じゃない」

「それでも私にはショックでした。初めての妊娠、そして初めての流産」

夫人は花を包んだまま、手を下腹部にあてる。

「確かにここにいた子どもが消えてしまった悲しみと、残された子どもも消えてしまうかもしれないという恐怖」

夫人の目から涙が零れる。

一粒、また一粒。

涙は宙で白い花弁になり、彼女の膝の上で溶けるように色を失っていく。

夫人のスカートの上に広がる透明な花弁を見つめていると、芙蓉の心に悲鳴のような彼女の声が響いた。

——お願い、あなたは無事に生まれて来て。私たちに顔を見せて。

涙を流す夫人の想いが芙蓉にも流れ込んでくる。

悲しみと不安を抱えたままの妊娠。それでも順調にお腹は膨らみ、妊娠五カ月を過ぎると安定期に入り、安堵とともに人間らしくなった胎児の姿に期待と喜びが膨らむ。

六カ月に入ると性別も男児とわかり、夫と名前を考えたり、ベビー服のカタログを眺めたりして、四カ月後が待ち遠しくてたまらない日々が続いた。

消えてしまったもう一人の子を思い出すこともあったが、想いの矛先はもっぱら今自らの体の中で育っている子だった。

妊娠八カ月を過ぎると胎児はますます大きくなりお腹が圧迫され、腰にも負担がかかり日常生活が不自由になっていく。

出産後も初めての子育てに毎日が喜びと不安の連続で、まとまった睡眠さえ取れない戦場のような生活。

いつしか消えた子どものことは思い出さなくなっていった。

「でも……」

夫人が芙蓉から渡されたティッシュで涙を拭いながら、朝比奈に尋ねる。

「夫にも晶にも双子であったことを話していません。知っているのは私と産科の先生たちだけです。なぜ晶は兄と……。胎児の記憶があるのでしょうか」

朝比奈ではなく、芙蓉が口を開いた。

「すみません、青柳さん。私、間違っていました。晶くんは病気ではありません」

夫人も朝比奈も驚きの表情で芙蓉を見る。

「山荷葉に寄生されているのは晶くんではなく、あなたです」

夫人の手からポロリと二つの山荷葉が零れ落ちる。そこで初めて、スカートに半透明の花弁が落ちているのに気づいたようだ。

「……これ、私が？」

芙蓉はうなずく。

「ちょっと待ってよ、雨宮さん。それならどうして青柳さんではなく晶くんの姿が消えるの？　兄が見えるのも晶くんだし」

「晶くんが言っていたかくれんぼの意味や彼の姿が消えること、ずっと引っかかっていたの」

それに夫人の隣にいて確信した。

ボタニカル病の気配。晶くんのものよりも強かった。晶くんから香《かお》ったのは、母親からの移り香だろう。この頃の子どもは母親にべったりだから。

「かくれんぼと言いながら、二人はお互いに対して姿を隠してなんかいなかった。かくれんぼの鬼はお母さん、あなたです」

雨になると姿を現す生まれることができなかった兄。雨になると姿を消して迷子になる晶。

　ふたりは母親とかくれんぼで遊んでいたのだ。

『見つかっちゃった』

　ふいに聞こえた子どもの声。

　夫人と芙蓉が窓辺に顔を向ける。

　窓の前に晶に似た、半透明のように髪も肌も白い男の子が夫人に向かって笑っていた。

　夫人が立ち上がり、頼りない足取りで窓に向かう。反射的に立ち上がった朝比奈を、芙蓉がそっと止める。

「ごめんなさい……。寂しかったよね」

　窓のそばに立ち、夫人がやや下方に視線を落として誰もいない場所に話しかける。朝比奈が困惑した表情で立ち尽くしているが、芙蓉には彼女の話し相手が見える。

　子どもは無邪気に笑う。

『ううん。寂しくないよ。だって、ずっとかくれんぼして遊んでいたんだ。でも、見つかっちゃったから終わり』

　夫人が泣き崩れた。床に座り込み顔を覆って嗚咽する。

「終わりって……もう会えないの？」

　子どもが少し困ったように首を傾げた。

『会うとか会わないとか、変なの』

首を傾げたままクスクスと笑う。

『だって、見つかっちゃったんだもん。だから離れられないよね』

人は二度死ぬ。

と、哲学者だか、詩人だか、臨床学者だか、誰だったかは覚えていないが、誰かがそう言っていた。

一度目の死は心臓が止まった時。

二度目の死は皆から忘れられた時。

生まれなかった晶の兄は、見つけられたから二度目の死をまだ迎え入れていない。

彼の母が彼を蘇《よみがえ》らせたのだ。

『見つかった僕はいつでも会えるんだよ』

――思い出してくれたから。

子どもの姿がうっすらと透けはじめる。

「待って！　行かないで！」

夫人が引き止めようと腕を上げる前に、子どもの姿は消えた。

「あ……、ああっ」

夫人が宙に向かって手を伸ばし、それから床に倒れこんで号泣する。

花壇にホースで水を撒《ま》きながら芙蓉は晶に話しかける。

「ママは元気？」

「うん」

ホースから降り注ぐ柔らかい雨のようなシャワーが花壇の上に虹を作る。

晶は何度も虹に手を突っ込み、消えたり現れたりするのを面白がっている。

すっかりTシャツの袖がびしょびしょだが、夏の空の下ではかえって気持ちがいいようだ。髪や顔に飛沫《しぶき》が飛んでも嬉しそうにはしゃいでいる。

念のための検査、今後のためのデータ収集を母親が受けている間、芙蓉が中庭の手入れをしながら晶を預かることにした。

それは表向きで、晶にボタニカル病の影響が残っているのか口頭確認するのが本当の目的だ。

花壇には燃えるような赤いサルビア、涼し気なアメリカンブルー、オレンジ、白、ピンク、黄と様々な愛らしい花を咲かせる百日草《ヒャクニチソウ》などが鮮やかに咲き誇っている。

隣の花壇では向日葵が天を仰ぎ、晶が名付けたお化け向日葵もまだ雄々しく前後左右上下に向かって花を広げていた。

はしゃぐ晶につられて、芙蓉のTシャツもずいぶん濡れてしまった。

これでは水撒きをしていたのか、水遊びをしていたのかわからない。

濡れて肌に引っ付く感触はあまり好ましくないが、動くたびに熱が気化してさっきよりも体全体が涼しく感じる。

ホースの水を止めてから、首に巻いたタオルをほどいて晶の腕や顔を拭ってやる。

「ちょっと休憩しよう」

凍らせて持ってきたペットボトルのジュースがいい感じに溶けて飲み頃だ。

「オレンジとアップルどっちがいい？」

両手にペットボトルを持って振り返ると、晶は花壇の前にしゃがみ込んで真剣に花々を見つめている。

「どうしたの？」

「ここには透明な花はないんだね」

どう切り出そうかとタイミングを計っていた芙蓉には、いいチャンスだった。

晶の隣にしゃがむ。

「今日みたいにいいお天気だと真っ白い花よ。ここにはないけど。あの花が見たいの？」

晶は首を振った。

「ママが見つけてくれたから、もういいんだって」

「それは……お兄ちゃんが言ったの？」

「うん。もう見つかっちゃったから、かくれんぼは終わり。だから、いつでも会いたい時に会えるって」

芙蓉の眉間に一瞬しわが寄る。

「いつ、お兄ちゃんに会ったの？」

晶にはまだ兄の幻が見えているのだろうか。

「一昨日」

一昨日と言えば、朝比奈と一緒に青柳夫人にボタニカル病のことを告げた翌日。

夫人が消えた子どもを思い出した翌日。

芙蓉の背筋に緊張が走る。

「お兄ちゃんの姿を見たの？」

「いつだって見えるよ。だって、お兄ちゃんは僕の中にいるんだもん。もうかくれんぼは止めたから、雨の日だけじゃなくて会いたい時に会える」

「それはいつから？」

「ママのお腹にいた時からだよ」

晶はなぜ当たり前のことをわざわざ聞くのかという顔をしている。

「ずっと小っちゃかった時、お兄ちゃんは僕の中に入ったの。それでママやパパを一緒に守っていくって約束したの」

このぐらい小っちゃい時と言って、晶は膝を抱え体をグッと丸める。

その姿はようやく目ができたばかりの、勾玉《まがたま》のような胎児の姿に見えた。

「青柳さんには二週間に一度ぐらいの頻度で来院して経過を見ることにしたよ。雨宮さんは晶くんをお願い」

朝比奈から受け取ったマグカップを口に持っていき、ズズズっと行儀悪くコーヒーを啜る。

「どうしたの？」

朝比奈が首を傾げた。

「子どもが子宮にいた時の記憶を持っているなんてことありえる？」

ますます朝比奈が首を傾げる。

「もしありえるなら、晶くんがお兄ちゃんを見たのは、母のボタニカル病の影響とは違うのかもしれない。教えていないはずのことを、双子の兄がまだ小さい胎児だった時に消えたことを知っているような……」

芙蓉が降参と呟いて、大きく息を吐き肩を丸める。

朝比奈は窓の外を眺めながら、静かに語りだす。

「三、四歳児までは子宮にいた頃の記憶を持っているなんて話は都市伝説のように転がっているよ。実際、幼児が子宮にいた時の自分を詳細に語りだした事例はいくつもある。逆子だった子はへその緒が首に巻き付いて苦しかったとか、胎教にずっとモーツァルトの曲を聞かせていた子は教えていないのに曲を口ずさんだとか。確かに事実と一致するし、幼児が嘘をついているとか、出産の知識を持っているとは思えない。だからと言って、その信憑性《しんぴょうせい》を僕個人は低く思っているけど」

でもね、と朝比奈は続ける。

「時に人はありえないことを起こすんだ。良くも悪くも医療の場では特に。僕は無神論者だけど、医学と科学だけでは説明できない現象、神の存在を感じさせずにはいられない生命の神秘を何度も目にしたことがある」

朝比奈は窓から芙蓉に視線を移して続ける。

「命は不思議だ。どこまでも不思議だ。やがてすべて科学で説明できる日が来るかもしれないが、まだまだ先は遠い。ＤＮＡを解析できるようになった僕らは、やっとよちよち歩きができるようになった赤ん坊かな。いや、まだ胎児程度なのかもしれない」

朝比奈の言葉を聞きながら、芙蓉はなぜかお化け向日葵を思い出していた。

秋ノ章　最後の花の宴《うたげ》

赤い葉、黄色い葉、それに交じってわずかに残る緑色の葉が、紅葉した木々を引き立てて、晩秋の山を美しく彩っている。

ハンドルを握りながら、芙蓉《ふよう》はほう……っと感嘆のため息をつく。

「美しい……」

もうじきやって来る冬の厳しさも忘れ、しばし赤と橙《だいだい》、黄のコントラストを描く山に見とれる。

夕日がさらに紅葉を黄昏《たそがれ》色に染めていき、辺りはゆっくりと神秘的な雰囲気を醸し出していく。

東の空が藍色に彩られ、車内がほんのり暗くなる。

「見とれている場合じゃない」

芙蓉は地図を助手席に放り投げ、サイドブレーキを外す。

現在地がわからなくては地図の読みようがない。

携帯電話は相変わらず繋《つな》がらない。

「こんな時に壊れるなんて、この役立たずが」

なぜかいきなりエラー表示しかされなくなったカーナビを睨《にら》みつけてから、アクセルを踏む。

後続車も来ない、対向車も通らない。

紅葉を楽しもうと、交通量が少ない回り道を選んだのが間違いだった。

車の整備はしておいたが、カーナビまでは気が回らなかった。

「っていうか、いきなり壊れるものなの？」

不安な気持ちを誤魔化すように、大きな声で独りごちる。

「だいたい山の中とはいえ、関東の真ん中で携帯も通じないなんて」

久しぶりに入った大きな仕事、一週間かけて群馬県の植物園で発生した薔薇《バラ》の病気の治療を終えての帰路だ。

行きは高速を使ったが、帰りはのんびりと紅葉を眺めながらゆるゆるとドライブすることにし、いつの間にか迷っていた。

ハンドルを握る芙蓉の指先が、緊張で冷たくなっていくのがわかる。

時間はある。

しばらくはオフだ。

宿泊道具も後部座席にある。

ちょっとした食料や飲料も入っている。

万が一、車内で一泊なんてことになっても困らない。

が、じわじわと車内に入り込んでくる不気味な異様感と芙蓉は戦っていた。

山なのだから坂を下っていけば、群馬方面に戻ったとしても下山できるはずだ。なのに、いつの間にか道は上り坂になってしまう。

それにもう三時間以上も山道を走っているのに、一台の車ともすれ違わないのはいくらなんでもおかしくないだろうか。

カーナビがいきなり故障したのもタイミングが悪すぎる。

「狐《きつね》につままれるっていうのはこういうことかしら?」

オカルトは信じていない。

でも、もしかして今自分の身に起きていることは……。

「ありえない、ありえない、そんなことはありえない」

秋は日が陰ってきたと思うと、まるでストンと音がするように夜が落ちて来る。

もう山を彩る紅葉は見えず、カーライトが照らす無機質なアスファルトだけが浮かび上がるだけ。

このまま山に閉じ込められたら……。

「ありえない、ありえない、そんなことはありえない」

もう一度、不安を払拭するように自分に言い聞かせる。

だが、山道を下っていると、いつの間にか上っている。

いつまで経《た》っても、どこにも辿《たど》り着けない。

さすがに背筋が寒くなる。

頭の中で『お化けなんてないさ』という童謡が流れ始める。
二、三泊なら山の狐に囚《とら》われてもいい。
そのぐらいの備蓄はある。

でも、それ以上となると……。

まさか、この山に死ぬまで囚われるとか。

「ありえない、ありえない、そんなことはありえない！」

車内に響く声で、芙蓉が宣言のように三度目のセリフを叫んだ。

だが、走っている道はずっと同じ景色を映し出しているようで、背筋にツーっと冷たい汗が落ちる。

「あっ！」

芙蓉がブレーキを踏んだ。

似たような景色を走っている中、初めて見えた建物についブレーキを踏んだ。

今まで同じ道をぐるぐると回っていたのかと思っていたが、そうではなかったらしい。

ふーっと息を吐き出す。

ここで道を尋ねようと、芙蓉は道路脇に車を停《と》めて車外に出た。

左手に見える建物は、たぶん個人宅だろう。

もしかしたら、この山の地権を持っている地主かもしれない。

そう思うほど立派な家だった。

昭和初期頃に建てられたのか、だいぶ古びた感はあるが、広い土地に建てられた目を見張るほどの大きな平屋家屋。

門から玄関までの距離も長く、その間を埋める庭も立派なことこの上ない。

柵の外から庭をのぞきつつ、やや恐縮しながら芙蓉はインターホンを押す。

しばらくして、しわがれた声が聞こえた。

「どなたですか？」

警戒心をむき出しにした声に、芙蓉は一瞬ひるむが今はそんな場合ではない。

怪しいものではないと、精一杯のアピールを込めて朗らかな声を出す。

「私は雨宮《あまみや》芙蓉と申します。カーナビが故障して道に迷っていたところ、この家屋にたどり着きました。携帯電話の電波も届かず困っているので、こんな夜分ご迷惑とは思いますが、道を教えていただけませんでしょうか？」

相手からの返答はない。

ここで拒否されては困る。

自分は怪しいものではないことをアピールしなければ。

現在地と東京へ戻る道を尋ねたいだけなのだ。

焦《じ》れながらインターフォンからの返答を待つ。

プツっ、とインターフォンが切れた。

同時に芙蓉もキレた。

「なんでよっ。人がこんなに困っているのにっ。インターフォン越しに道を聞くだけじゃない。ケチ。不親切」

こうなったら直接玄関の扉を力いっぱい叩《たた》いてやろうかしらと、門に手をかける。

芙蓉の背よりも高い堅牢《けんろう》そうな門は、何人たりともここを通さぬと言いたげに冷たくざらついていた。

だが、ちょっと力を入れただけで簡単に動いた。

「鍵……かかっていない」

なんのための立派な門か。

まさか開くとは思っていなかったので、芙蓉は呆然《ぼうぜん》と立ち尽くす。

容赦なく無視されて頭に来ていたが、本当に玄関扉に乱暴をするつもりはない。が、まるでしてくれと言わんばかりに開いた門に心が揺れた。

乱暴にではなく、普通にドアを叩くぐらいなら許されるのではないか。門より内側に入るのは不法侵入とされてしまうかもしれないが、それぐらい必死なのだとアピールにもなるかもしれない。

お邪魔しますと小声で門に言い、静かに前庭を横切って玄関へと足を進めた。

組み木細工が施された大きな扉の前に立つと、恐ろしい圧迫感を感じた。

あまりに立派過ぎて気おくれ……ではない。

扉の向こうに、形容しがたいなにか嫌な気配を感じる。

車に戻ってもう一度道を下ってみるか。

踵《きびす》を返そうとした時、突然玄関扉が開いた。

「ひっ……！」

芙蓉は顔を引きつらせて硬直する。

姿を現したのは見事な白髪をきれいに束ね、赤い南天《ナンテン》を描いた白地の着物を身に着けた老女だった。

齢《よわい》八十といったところか。

肌は衰え、背も少し丸まっているが、立派な家屋にふさわしい、典雅な雰囲気を纏《まと》っている。世が世なら華族でした、と言われても信じられる。

まだ固まって声がうまく出せない芙蓉に、老女が優しく微笑む。

「道に迷われたのですね。もうこんな時間です。今夜は我が家にお泊まりになられてはいかがですか？」

なんて親切な。キレた自分が恥ずかしい。

「いえ、そこまでご迷惑は。下山する道さえ教えていただければ」

「この山は道が狭く急勾配、急湾曲が多く夜の運転は危険ですよ。事故も多いんです。ですから朝まで待ったほうがよろしいですよ」

老女はさあさあと、扉を大きく開けて芙蓉を招く。

「ご遠慮なさらずに。ここはわたくしだけの独り住まいです。たまにはお若い人とお話がしたいですわ」

こんな立派な家に、たった独り……。

ふいに老女の寂しさが芙蓉の胸に染み込んできた。

少し迷ったが、芙蓉は丁寧に頭を下げる。

「それではご厚意に甘えさせていただきます」

玄関に通され、上半身を折って靴を脱いでいると隅に固まった埃《ほこり》が目に入った。

老女独りではこの広い屋敷を切り盛りするのは困難なのだろう。

廊下を歩くと、やはり汚れと傷みが目に付く。

だが十分我慢できる範囲だ。

仕事の忙しい時期は芙蓉の家だって掃除がおざなりになり、この程度の、いやそれ以上に散らかり汚れる。

とはいっても、ここ数年は家が汚れるほど仕事は入っていないが。

客間に案内され荷物を置いた後、十人は食事をすることができる大きなテーブルのあるダイニングルームで夕飯をごちそうになった。

キノコの雑炊を味わいながら、お互いの話をする。

この家の主人の老女、檜山《ひやま》キヨ子は檜山家に嫁いできてからずっとこの家で暮らしてきた。

三人の子どもを産み育て、舅姑《きゅうこ》、夫を看取り、今は独りになってしまったと。

子どもたちは新しい土地で新しい生活を始めている。

この家に住むのは自分が最後。

この世を去った後は、土地を売って子どもたちが等分すればよいと穏やかな表情で語る。

「こんなに立派なお屋敷なのに、もったいないですね」

芙蓉はダイニングルームを見回して感想を述べる。

この部屋も外観も多少の老朽化は見られるが、それさえ歴史を感じさせ趣があるように思える。

キヨ子は来年米寿を迎えるそうだ。

それを聞いて驚く。背は少し曲がっているが、とても米寿を迎えるとは見えない。

最初はどことなく警戒していた芙蓉も、キヨ子のおもてなしや昔話に夢中になりすっかり打ち解けて、夜が更けるまで話し込んでしまった。


携帯電話のスヌーズではなく、小鳥の鳴き声で目覚める朝。

しばらく布団の中で、見慣れぬ障子を見つめながら芙蓉は頭を整理する。

対向車も来ない山道に迷い、どうしようかと弱っている時に見つけた立派な家屋。

道を聞こうと寄れば、家の主人は見知らぬ他人である芙蓉を夜道は危険だからと泊めてくれたのだ。

そこまでを思い出し、芙蓉は上半身を起こす。

しかも手厚いおもてなしを受け、キヨ子に勧められるままお酒も大量に飲んでしまった。

まだ、完全に酒が抜けきっていない頭で布団を畳む。

それからトイレに行こうと障子を開けた。

「うわ……すごい」

目の前に広がる中庭の風景に、しばし言葉を失う。

昨夜は暗くて見えなかったが、中央に白い石を敷き詰め、苔《こけ》むした灯籠や鹿威《ししおど》しが格調高い雰囲気を醸し出している。

青々とした松や竹、真っ赤に染まった枝垂れ紅葉《モミジ》、ふっくらとした蕾《つぼみ》をつけた寒椿《カンツバキ》、花が散りかけた山茶花《サザンカ》、他にも十数種類の植物が庭を彩っている。

だが、なによりも目を奪われてしまうのは、庭奥にそびえ立つ竜舌蘭《リュウゼツラン》だ。

メキシコや中南米などに自生する植物で、アロエに似た葉から一本空に向かってマストと呼ばれる花茎が伸びている。

竹のようにすらりと伸びた茎の上部四分の一から、枝のように四方に分かれて花柄が伸び、その先には放射状に細い長い筒状の蕾が密集していて、遠目では大きな緑の花に見える。

純和風の庭に、なぜ竜舌蘭が、と不思議に思わずにいられない。

他の木々より飛びぬけて高いだけでなく、テキーラの原料にもなる竜舌蘭は日本庭園の雰囲気から少し浮いている。

景色を台無しにするとまでは思わないが、異様に目立ち過ぎている。なぜここに植えたのだと疑問を抱かずにはいられない。

日本ではまだ珍しい植物だから、誰かからの贈り物か、なにかの記念樹かもしれない。

「それにしてもこの気候でよく立派に育ったものね」

腕のいい専属の庭師でもいるのだろうか。

もっと近くで見てみたいと思うが、勝手に庭に出て歩き回るのも……と躊躇《ちゅうちょ》していると、キヨ子が廊下に姿を現す。

「あら雨宮さん、もう起きてらしたの？」

しずしずと上品に廊下を歩き、芙蓉の隣に立つ。

「なかなか庭にまで手が回らず、お恥ずかしいですわ」

「いえ、とんでもない。どの植物も健康そうで、それにあの竜舌蘭の立派なこと」

確かに松など伸び放題で形が崩れているのもあるが、旅館や料亭の中庭ならともかく、普通の家庭の庭としては十分目を楽しませてくれる。

「あの……庭に降りてもいいですか？」

「構いませんが、植物の専門家の方には、お目汚しではなくて」

カラカラとガラス戸を開けると、やや肌寒い秋風が入ってくる。

キヨ子はしゃがんで縁の下をのぞき、腕を伸ばして木製のサンダルを取り出して芙蓉の前に揃《そろ》えた。

「わたくしは朝食の用意をしていますので、ご自由にどうぞ」

「ありがとうございます」

芙蓉は素直に礼を言ってサンダルに足を通す。靴下を履いていても、ひんやりとした冷たさが足裏に伝わってきた。

白い石に囲まれた池を時計回りで歩き出す。

枝葉が伸び放題な木々が目立つが、虫や病気にやられているものはない。

半周して竜舌蘭の前に辿り着くと、思わず芙蓉は小さな悲鳴を上げた。

根元の葉は枯れ始め、分かれた花茎の上部に細長い緑色の蕾。その先が薄っすらと黄色い。

「か……開花……寸前だ」

そっと手を伸ばし花茎に手を当てると、燃えるようなエネルギーを感じた。

竜舌蘭はセンチュリー・プラントとも呼ばれる。

それは世紀《ひゃくねん》に一度花を咲かせるという意味だ。

百年に一度花を咲かせるだけではなく、花を咲かせると枯れて死んでしまう。

つまりもうすぐ寿命が尽きるということだ。

センチュリー・プラントは命が尽きる寸前に最後の力を振り絞って花を咲かせ、次に託し消える。

大まかに言えば一年草と変わらない。

ただそれが数十年単位になるため、なかなか見ることのできない幻の花として人々を魅了させる。

日本の植物で有名なのは竹だ。

ひとつの竹林は地下茎で繋がっているので、一斉に花を咲かせて、一斉に枯れる。

「見たい……！」

竜舌蘭だけでも珍しいのに、その開花が間近なんて、なんて幸運な。

添えた手が感動に震える。


興奮を胸に抑えつけてダイニングに入ると、キヨ子がテーブルに朝食を並べていた。

「そろそろお呼びしようと思っていましたの。ちょうどよかったわ」

焼き魚とお味噌汁《みそしる》のにおいが胃を刺激する。

「わあ、美味しそう」

焼き魚に出汁《だし》巻き卵、お新香《しんこ》と、まるで旅館の朝食並みの食卓だ。

芙蓉とキヨ子が向かい合って座り、いただきますと手を合わせて食べ始める。

「中庭を見学させていただきありがとうございます。とても素敵でした。どの植物も元気で」

キヨ子が恥ずかしそうに目を伏せる。

「庭師に任せっぱなしで。といっても、そんなにこまめに来ていただくわけにもいきませんから。荒れていますでしょう」

「荒れているなんてことありませんよ。それに竜舌蘭の立派なこと。日本の気候であそこまで育つなんて。しかも、もうすぐ開花するようですね」

「竜舌蘭？」

キヨ子が小首を傾《かし》げる。

「庭の奥にある背の高い木です」

「あの木は花が咲くのですか？」

キヨ子はお茶碗《ちゃわん》を持ったまま芙蓉のほうへ身を乗り出す。

「もう八十年近く伸びる一方で、花なんて見たことありませんわ」

「百年に一度花を咲かせる、センチュリー・プラントとも呼ばれている植物です。実際には五十年ほどのものや、あるいは百年を超えるものもあります。そして、花を咲かせると枯れてしまうのです」

「枯れて……」

キヨ子が寂しげに背を丸め、芙蓉は一瞬竜舌蘭を口にしたのを後悔した。

しかし、芙蓉が告げなくても、あと一、二週間もすれば、花は咲き、七、八メートルはある茎は枯れ、葉も萎《しお》れて地面に伏せるだろう。

青々と伸びていた竜舌蘭が突然枯れてしまうのを目の当たりにするよりは、ショックが和らぐであろうと考え直す。

「まさに最後に花を咲かせるってわけですね。なんだかほの悲しい話ですわ」

キヨ子が長いため息をつく。

「あの大きな木がなくなったら、お庭の景色も随分と寂しくなるわ。それに枯れ木をどう処理したらいいのかしら」

キヨ子の力だけでは、枯れた竜舌蘭の処理は難しいだろう。

「ご連絡をいただければ、お手伝いに来ますよ」

芙蓉の申し出にキヨ子は表情を明るくしたが、すぐに小さく首を振る。

「有り難いですが、東京からでは遠すぎますでしょう」

「車で二時間程度です。いいドライブコースですよ。もしよろしければ、開花までのお世話も。私も珍しい竜舌蘭の花が見てみたいので」

「そんなに美しい花なのですか？」

「花自体は地味ですが、枝のように分かれた先に黄色い花が咲くと、竜舌蘭自体が華麗な花に見えます。なにより滅多に見られる花じゃないですから」

「たった一度、それも百年に一度ならば、たくさんの人に見てもらいたいと、花も思うかしら」

キヨ子は小首を傾げてしばし考え込む。

「雨宮さんはお仕事がお忙しいのかしら？　こうして東京以外の場所でもお仕事なさる

かね」

「しばらくは遠出する予定はありません。東京での仕事は、まあぼちぼちってところですの？」

「雨宮さんのご都合さえよろしければ、ここに泊まってお庭を見てくださらないかしら」

思いもかけない申し出に、芙蓉の箸からお新香が落ちた。

「えっ、よろしいんですか？」

竜舌蘭が開花していく様を間近で見守ることができるなんて、奇跡のような体験だ。

興奮して叫びたくなるのを抑えてお新香を皿に戻す。

「ええ、もちろんです。雨宮さんがいてくだされば心強いですわ。報酬については……ご相談させていただきたいのですが」

芙蓉は手のひらをキヨ子に見せて力の限り振る。

「報酬なんていりません。むしろ泊めていただくのですから、食費や光熱費をお支払いします」

今度はキヨ子が手を振る。

「それはいくらなんでも悪いですわ。心ばかりですが、謝礼ぐらいはさせてください」

「謝礼なんて。むしろ大金を払っても体験できないセンチュリー・プラントの開花に立ち会わせていただけるのですから。こちらが謝礼をお支払いしたいぐらいです」

「でもそれでは」

「いえいえ、本当に」

こちらが払う、いえこちらが払うと同じ事を繰り返し、そのうちお互い顔を見合わせて噴き出してしまった。

笑いが収まると、キヨ子がしみじみと言う。

「誰かと一緒に食事をするのって楽しいわね。もう十年近く独りだったものだから」

最終的には芙蓉の報酬と宿泊費を相殺《そうさい》という形で落ち着いた。


朝食を終えて、芙蓉とキヨ子は中庭に降り立つ。

「庭の木々は、ほとんど亡き主人が庭師に依頼して植えていただいたものですの。わたくしはお恥ずかしながら、あまり植物には詳しくなくて」

どう手入れしたらいいのかわからないまま、木々が成長するままに放っておいたと恥ずかし気に告白する。

「土の栄養がいいのか、日当たりがいいのか、植物たちは健康に育っています」

竜舌蘭のそばまで来て、二人は蕾のついた先を見上げる。

「年末年始は家族で過ごすからと、その前に子どもたちが訪ねてくれるの。唯一、この家が賑《にぎ》わう時期がもうすぐ来るんです」

キヨ子が嬉《うれ》しそうに話す。

「竜舌蘭の開花に合うといいのだけれど」

芙蓉が手で庇《ひさし》を作りながら竜舌蘭を見上げて言う。

「見ごろは……一週間、では早いですね。十日ぐらいが開花日だと思います」

「百年に一度の花が咲くと言えば、子どもたちも興味を示すかもしれないわね」

「それまでにお庭をきれいに剪定《せんてい》しておきますよ。松や、花が散った山茶花の始末もすれば、もっと庭の景色が映えますよ」

キヨ子が目を丸くする。

「植物のお医者様は剪定もできるのですか？」

「樹木医もいろいろですけど、私の家はそもそも庭師の家系でしたので。それだけでは仕事も広がらず、父の代から樹木医の資格も取ったのです。といっても、私は庭師としても樹木医としても、まだまだ経験が浅い未熟者ですが」

まずは松の樹の形を整えよう。

それから花が咲き終えそうな山茶花。

手入れをすれば、この庭は今よりもずっと美しくなる。

つまり伸びしろがあるということだ。

なによりも、開花寸前の竜舌蘭がある。

芙蓉の心が浮き立つ。

キヨ子がよろしくお願いしますと言って家の中に入ると、芙蓉は仕事の予定を頭の中で整理する。

大きな仕事はないが、国立国際医療研究センター病院の中庭の定期検診が一週間後だと思い出した。

一週間以内に開花しなければ一度東京に戻ってまた来るか、少し検診を後倒しにしてもらうか。

国立国際医療研究センター病院の植物たちは、芙蓉の検診もあって健康そのもの。急を要する事態は起こらないであろう。

とにかく朝比奈《あさひな》には一報入れておいたほうがいいだろうと、ズボンの後ろポケットから携帯電話を取り出すが、昼間は診療中かもしれないと考えて戻した。

「電話は夜でいいか」

今の芙蓉にとって一番に優先すべきは、竜舌蘭の開花だ。

脚立を借りて、竜舌蘭の蕾へ顔を近づける。

下から見上げた時にはわからなかったが、ずいぶんと蕾は膨らんでいた。

天を向いた細長い数十もの黄緑色の蕾は、先のほうが黄色く輝いている。

そっと指先で触れると、爆発しそうに溜《た》め込まれたエネルギーを感じた。

明日、明後日にも、中心の蕾は開きはじめ、やがてすべての花が開くとチアガールが持つポンポンのような、大きな菊のように見えるだろう。

開花は下の枝から徐々に上の枝に広がって、全開すれば細い茎がいくつものポンポンを持って踊っているかのように見える。

最初で最後の晴れ姿。

見ごろは一週間後だ。

弾む心を抑えながら脚立を降りる。

「今日は松の剪定」

芙蓉シャツの袖を捲《まく》った。

さて、と気合いを入れたところで携帯電話が鳴る。

「……誰よ、こんな時に」

出鼻を挫《くじ》かれた気分で乱暴にポケットから携帯を取り出す。

『雨宮さん？　朝比奈だけど』

「あら、手間が省けた。ちょっと急な仕事が入って今、群馬と埼玉の間にいるの。仕事の進み具合によっては中庭の検診日を遅らせてください。なにか急を要することがあれば携帯に連絡を」

群馬の仕事の帰りに道に迷い、たまたま親切な老婦人の家に泊まらせてもらったら思いもかけず、竜舌蘭の開花に出会ったことなどを一気にしゃべりまくった。

朝比奈が沈黙している。

一方的な言い分に呆《あき》れたのか、怒ったのか。

いや、今までも検診日を変更してもらったことは多々あった。

突然、害虫が異常発生でもしないかぎり、検診日を一週間遅らせても問題はないはずなのにと芙蓉が首を傾げると、耳に朝比奈の心配そうな声が響く。

『大丈夫？』

「は？」

大丈夫とはどういうことだ？

『なにか厄介なことに巻き込まれていない？』

「巻き込まれていませんよ」

自分から泊まると決めたのだ。

『でも道……に迷ったって』

「道に迷うことぐらいありますよ」

電話の向こうで朝比奈がしばし考え込むように沈黙する。

『なにかあったら連絡するんだよ』

まるで子ども扱いされているようで、芙蓉はムッとする。

「心配していただけるのは嬉しいですけれど、大丈夫です」

つっけんどんに言い放つ。

だが朝比奈はまったく気にせずに続ける。

『なにかおかしいと、違和感があったら注意するんだ』

「は？」

っていうか違和感ってなんだ。

まさかキヨ子を山姥《やまんば》とでも疑っているのか。

『注意深く周りを見るんだよ』

朝比奈の声がやや尖《とが》っている。

滅多に見せない深刻な彼の表情が浮かび上がり、反感を言葉にするのを躊躇《ためら》う。

『いいかい。小さな違和感も見逃さないで』

朝比奈が念を押す。

「違和感って……」

『気を付けるんだよ。……もうすぐ冬が来るからね』

「えっ、冬？」

違和感というのなら、今の朝比奈との会話に違和感を覚える。

「冬となんの関係が？」

突然、電話が切れた。

「いきなり切るなんて失礼なっ！」

だが、切ったのは芙蓉のほうらしい。

携帯電話の液晶に圏外の文字。

電波の入りを示す棒は三本のうち二本しか立っていなかったが、さきほどまで雑音も入らずに通話できていたのに。


「お昼の用意ができました」

縁側からキヨ子が声をかける。

もうそんな時間かと驚いて携帯電話のディスプレイで時刻を確認する。

「さあさあ、一休みしてくださいな」

「あ、はい。ありがとうございます。すぐ行きます」

お待ちしています、と言ってキヨ子が家の奥に消える。

確かに時刻は十二時半。

芙蓉は右手の剪定鋏《ばさみ》と左手の携帯電話を、狐につままれた気分で交互に見やる。

「……そんなに、のん気にしていたかしら」

四時間は仕事をしているのに、目の前の松はほとんど変化がない。三十分程度しか手入れしていない程度。芙蓉自身、その程度しか仕事をした感覚がない。

朝比奈との電話だってほんの数分で済んだはずだ。

まさか自分の腕が鈍った……とか。

芙蓉は首を強く振って否定し、とりあえず昼食をいただこうと家に入って洗面所に向かった。

「あれ？」

昼の明るい陽《ひ》の光の下のせいだろうか。廊下がきれいだ。

「いや、普通は明るいほうが埃や汚れが目立つでしょ」

ということは芙蓉が庭仕事をしている間にキヨ子が掃除をしていたのだろう。

客である芙蓉がいるせいで、必要以上に気を遣わせてしまっているのだと思うと申し訳ない気持ちになる。

手を洗いダイニングルームに行くと、テーブルに座って本を読んでいたキヨ子が立ち上がった。

「煮込みうどんを作りましたの。よそってきますね。どうぞ、座っていてください」

「お手伝いします」

「いいんですよ。よそうだけですから」

キヨ子は芙蓉を座らせ、自分は台所へ向かい、少ししてお盆に大きな椀《わん》を二つ乗せて戻って来た。

「わあ、美味しそう」

太いうどんの上に、鳴門《なると》や鶏肉、大根、人参、三つ葉に柚子《ゆず》の皮が散りばめられ、湯気と一緒に出汁の香りが鼻孔をつく。

「いただきます」

芙蓉は胸の前で軽く手を合わせると、さっそく両手でお椀を持って、そっと汁を啜《すす》った。

鰹出汁《かつおだし》に柚子の香りが交差して、深みのある爽やかな味わいだ。

太めの麺は弾力があり、嚙《か》むほどに染み込んだ汁の味が口に広がる。

「とっても美味しいです。柚子の香りがきいていますね」

率直に感想を言うと、キヨ子が口元に手を当てて恥じらうように笑う。

「お口にあってよかったわ。若い人の好みはわからないから」

煮込みうどんに夢中になって、芙蓉はキヨ子に言おうとしていたことを食べ終わるまで忘れていた。

汁の一滴まで飲み干し、キヨ子が淹《い》れてくれたほうじ茶を口にした時、ようやく思い出す。

「あの、私の部屋の前の廊下は自分で掃除します。他にもお手伝いできることがあれば、なんでも言ってください」

キヨ子が目を大きくする。

「まあ、そんなこと気になさらずに。掃除はいい運動になりますから。この年になると、常に体を動かしていないと、すぐに固まってしまうんですよ」

「でも、おひとりでは大変でしょう」

少し早い大掃除だとしても。

「職業柄、力仕事はわりと得意なので。あと、脚立の上の作業とか」

「いえいえ、大丈夫です。寝たきりになって子どもたちに迷惑をかけないように、なるべく体を動かすことにしているのですから。雨宮さんはお気になさらずに、お庭の植物のことだけをお願いします」

「……では、なにかあれば声をかけてください」

そこまで言われてしまったら引き下がるしかない。

「若い人が家にいるっていいわね」

キヨ子が優しく微笑む。

「雨宮さんが来てくれて、わたくしも十歳ほど若返った気分。なんだか体も軽くて。掃除も楽勝ですわ」

口元に手を当てて上品に笑うキヨ子に、芙蓉もつられて口元が緩む。

「ごちそうさまでした」

いただきますと同様に軽く胸の前で手を合わせ、お椀を流し台に運ぼうとする芙蓉をキヨ子が止めた。

「わたくしがやっておきますから」

芙蓉の手からお椀を取り上げ、自分の分と一緒にお盆に乗せて台所へ向かうキヨ子の昨夜は曲がっていた背中がやや伸びているように見えた。

肌の艶もいい。

本当に十歳ほど若返ったように見える。

一緒にいるだけで喜んでくれて、と芙蓉も嬉しく思う。

「そうそう、子どもたちが近々、帰って来てくれるようなの」

キヨ子が声を弾ませる。

「百年に一度の花が咲くのよって言ったら、ぜひ見てみたいって。毎年、年末か年始には、時間を見つけて帰省してくれるのだけれど。三人兄弟がこの家に揃うのは何年ぶりかしら」

「揃う？」

「ええ。同じ時期に休みを取るのは難しいから、いつもはバラバラなの。来られない年もあるし。子どもたちは仕事や家庭があって忙しいようで。今年は曾孫《ひまご》も連れて来てくれるらしいのよ」

「一族勢ぞろいですね。何人ぐらいいらっしゃるのですか？」

キヨ子は細い指を折って数える。

「長男夫婦には子どもが二人、長女夫婦は子どもが三人、次女夫婦には子どもが一人。長男夫婦の上の子に子どもが一人。今のところ唯一の私の曾孫よ」

全員集まったら十三人、キヨ子を含めると十四人。孫のうち何人が結婚しているのかわからないが、配偶者までやってきたら十四人以上になる。大所帯だ。

「あの、私はお邪魔では。一度、東京に戻りましょうか」

キヨ子が目じりのしわがなくなるぐらい大きく目を見開く。

「お邪魔だなんて！　雨宮さんは特別なお客様です。お時間さえ許すのであれば、ぜひ泊まってくださいませ。わたくしでは竜舌蘭の説明もできませんし。子どもや孫たちに色々教えていただければ幸甚です。どうかお願いできませんか」

「でも……」

「この家は古いけれど、部屋が多いから子どもたちが来ても余裕があります。雨宮さんは今の部屋をそのまま使っていただければ。お願いします」

そこまで言われると、芙蓉自身開花に立ち会いたいし、辞退するのが憚《はばか》られる。

「では、お言葉に甘えて」

キヨ子が少女のようにはしゃぐ。

「ありがとうございます。嬉しい。ああ、楽しみだわ。この家が賑やかになるのは本当に久しぶり。嬉しいわ」

「庭仕事以外にもお手伝いします。掃除とか買い出しとか。私、車ありますから」

十三人以上も受け入れる準備は大変だろうと思い、芙蓉は申し出る。

「大丈夫ですよ。麓《ふもと》にあるスーパーマーケットが配送してくださるの。もう何十年ものお付き合いだから。雨宮さんは中庭をお願いします。竜舌蘭はそろそろ咲くのかしら」

「下のほうの蕾は開きかけています。下から順番に開花していくのです。全部が開花したら、黄色い雪洞《ぼんぼり》を飾ったような華やかな姿になりますよ」

「まあ……」

キヨ子がうっとりとした表情を浮かべる。

「天気にも左右されますが、一週間後には八割ほど開花すると思います。天気予報によると、ずっと晴天が続くようですから」

「では、その頃に来てもらいましょう」

全身から嬉しさを滲《にじ》みだしているキヨ子は、さらに肌の色艶がよく、背筋も伸びている。心なしか床も光沢を取り戻し、柱の傷も目立たなく、家も若返っているように見えた。

小鳥のさえずりを聞きながら、芙蓉は布団の中でぼんやりと障子越しに朝陽を見つめる。

ふかふかの布団も畳のにおいも気持ちいい。

キヨ子の料理はどれも美味しい。

珍しい竜舌蘭を含め、庭の仕事に専念できる状況。

このままずっとこの家で過ごしたい。

そう思って目を閉じると、体だけではなく心まで布団の中に沈み、そのままこの家と一体化してしまいそうに心地いい。

ふと、朝比奈の言葉が耳の奥で蘇《よみがえ》る。

——違和感。

勢いよく起き上がった。

額に右手を当て、今日は何月何日だったか考える。

「十一月二十一日。この屋敷に来て三日目の朝」

額からゆっくりと手を放して枕元に置いてある携帯電話を摑《つか》み取り、恐る恐る液晶画面を確認して大きく息を吐いた。

「あってる……。よかった」

ここに来て三日。

もっとずっと前から屋敷に泊まっているような感覚が、夢の名残のように体に残っている。

一日が過ぎる時間はとても早く感じるのに、屋敷にいる時間はなぜか長く感じる。

時間の感覚がおかしい。

都会から離れ、山の中で植物に囲まれているからだろうか。

手のひらの携帯電話、通話履歴に朝比奈の名前が表示されている。

夜、電話をくれたようだ。

キヨ子に合わせて十時前には床につくという早寝の生活をしているので気づかなかった。

普段の芙蓉は午前一時頃まで起きていることが多い。

生活リズムが変わったせいだろうか。

朝比奈の名前の上に指先が伸びる。

「雨宮さん」

障子越しのキヨ子の声に驚いて携帯電話が布団の上に落ちた。

「は、はい」

「朝餉《あさげ》のご用意ができましたので」

「すぐ行きます」

「お急ぎにならなくて結構ですから」

キヨ子の影が小さく頭を下げて去っていった。

芙蓉は着替えて髪を整え、急いで洗面所に向かって顔を洗った。

ダイニングルームに入って、見知らぬ人がテーブルについているのを見て芙蓉の足が止まる。

五十代後半に見える夫婦と、三十代ぐらいの女性。

台所から出てきたキヨ子がお盆をテーブルに置いて紹介する。

「次女の史恵《ふみえ》と婿《むこ》の孝彦《たかひこ》、その子どもの友里恵《ゆりえ》です。昨日の夜に来たの」

芙蓉は深く頭を下げる。

「あ、すみません。全然気づかずにご挨拶もせず」

史恵が朗らかに笑いながら立ち上がり、芙蓉に頭を下げた。

「気づかなかったのならよかった。お休みの邪魔をしてはいけないと思っていたので。なにしろ着いたのが深夜だったもので。母がお世話になっているようで、ありがとうございます」

続いて夫の孝彦、友里恵も頭を下げた。

「竜舌蘭って、百年に一度しか咲かないんですって？　それに咲いたら枯れるって、儚《はかな》くてロマンティックね。まさかあのつまらなそうな、わけのわからない木がそんなに珍しいものだったなんてビックリだわ」

史恵が嬉しそうに言う。

「雨宮さんが偶然訪れてくれなかったら知らずに見逃していたね」

友里恵が無邪気に言い、孝彦がうなずく。

久しぶりに子どもたち夫婦が集まる場で、自分は邪魔者ではないかとずっとしこりのように感じていた思いが溶けてなくなる。

キヨ子といい、次女夫婦といい、こんなにも快く迎え入れてくれて、と芙蓉の胸が温かくなる。


中庭に下りた芙蓉は信じられない思いで、山茶花の前に立った。

再び花を咲かせようとしている。

樹に指先を当て、新しく現れた蕾に顔を近づける。

植物の声が聞こえない。

「どうして……」

異常気象で冬に桜が咲いたり、向日葵《ヒマワリ》が咲いたり、予想外の生長を見せる植物は珍しくない。

それを利用し人間は一年中、季節に関係なく野菜や果物を手に入れる術《すべ》を得た。

でも、この庭は……。

芙蓉が啞然《あぜん》としていると、家から自分を呼ぶ知らない声がした。

「雨宮さんですか？」

驚いて振り向くと、どこかキヨ子に似た五十代くらいの女性が縁側に立って芙蓉に微笑みかけていた。

「長女の遼子《りょうこ》です。母がお世話になりまして」

頭を下げる女性に、慌てて芙蓉は駆け寄る。

「いえ、お世話になっているのはこちらです。このたびは竜舌蘭の開花の世話を任せていただいて、本当に有り難く思っています」

「それならよかった」

微笑む遼子はキヨ子によく似ていた。

「あれが竜舌蘭ですね。変な木としか思っていなかったけど、百年に一度の花を咲かせるなんて、なんだかロマンティックで素敵ね」

中庭で一番背の高い木に視線を止めて、遼子が言う。

「少し黄色がかっているのが見えますか？　開花が始まっているのです」

芙蓉のガイドに遼子が目を凝らす。

「あの小さなバナナみたいなのが蕾なんですか？」

小さなバナナ。

思わず芙蓉が噴き出す。

植物の知識がある人間では思いつかない表現だ。

「ええ、そうです。明日、明後日と、どんどん開花していきます。一つ一つの花は地味ですが、集合した花がすべて開花すると大きな黄色い雪洞のようになってきれいですよ」

「兄が来る明後日頃がちょうど見ごろかしら」

「開花率五割ぐらいでしょうけど、今よりもずっと華やかですよ」

「楽しみだわ。お仕事の邪魔をしてごめんなさいね」

遼子は芙蓉に小さく頭を下げて家に引っ込んでいった。

「……あれ？」

遼子が立ち去って初めて気づいた。

縁側に近づいた芙蓉の鼻に、ふわりと木の香りが入り込んできた。

まるで新築の家に上がったような香り。

振り返れば、山茶花だけでない。

冬を迎える準備にあるはずの植物が、夏前のように青々と生長を見せている。

季節がすっぽりと入れ替わったかのように。

屋敷全体が芽吹き、竜舌蘭の開花を祝福でもしているかのようだ。

「……今年は暖冬だから」

秋雲を見上げる。

今年は暖冬だっけ？

薄い灰色の雲が、乱雑に青空を濁らせている。

——違和感。

無意識に手がズボンのポケットに伸び、携帯電話を取り出す。

しばし手のひらの携帯電話を見つめて、なんと説明しようかと迷う。

「お姉ちゃん！」

「わっ！」

突然背後から抱きつかれ、芙蓉は携帯電話を放り投げるように地面に落とした。

腰に纏わりついているのは十歳ぐらいの女の子。人懐こく無邪気に芙蓉に笑いかける。

キヨ子の唯一の曾孫だろう。ということは、長男家族も到着したのだ。

「お姉ちゃんがお花のお医者さんなの」

「あ……うん。そうよ」

そっと優しく少女の腕を腰から外し、落ちた携帯電話を拾い上げる。

「もしかして繭《まゆ》のせい？」

少女――繭がショボンと背を丸くする。

「大丈夫。ちょっと驚いて落としただけ。なんともないし」

繭を安心させるように、携帯電話の液晶を見せる。

「……ごめんなさい」

心の底から申し訳なさそうに涙を浮かべる繭の肩に、芙蓉はそっと手を置く。

「ちゃんとごめんなさいが言えるなんて偉いね。ほら、あの背の高い木を見て」

芙蓉が竜舌蘭を指さす。

「あれを見に来たんでしょう」

繭が手の甲で涙を拭い、顔を上げた。

「あれがリュウゼツラン？　百年に一度しか花が咲かないって本当？」

「そうよ。手のように伸びた先に、細い蕾がたくさんついているでしょう」

「下のほうは黄色くなってる」

「少し花が咲き始めたの。全部咲いたら、黄色いポンポンを持っているように見えるわ。きっときれいよ」

まだ少し涙に濡《ぬ》れた瞳を輝かせて、繭は芙蓉の手を握った。

「すごい。百年に一度しか咲かない花を、お姉ちゃんは咲かせることができるんだ」

「えっ」

藺の親たちはどう説明したのだろう。

芙蓉は戸惑いつつ訂正する。

「私は花を咲かせることなんてできないわ」

「お医者さんなのに？」

「医者は悪いところを探して治すだけ。藺ちゃんの身長をお医者さんが伸ばすことはできないでしょう。でも、病気をしたら上手に成長できなくなっちゃう。だから病気を見つけて治すの。身長を伸ばすのは藺ちゃん自身の力よ」

藺は不思議そうに小首を傾げた。

「お姉ちゃんが咲かせてくれたんじゃないの？」

「私は蕾を見つけただけ。竜舌蘭のことを詳しく知らないと、あれが蕾だと気づかないから」

藺はますます首を傾げる。

「でも玄関のツツジもバラも、お姉ちゃんが花を咲かせてくれたんだって、ひいおばあちゃんが言ってたよ」

今度は芙蓉が首を捻《ひね》る番だった。

「……躑躅《ツツジ》や薔薇が咲いているの？」

門の周りに蔓《つる》薔薇の木があり、玄関までの道脇に躑躅の木があったのも覚えている。

夜に見ただけなので、蔓薔薇が秋咲きの薔薇なのかはわからないが、躑躅が秋に咲かないことは確かだ。

「本当に躑躅の花が咲いているの？」

「うん。すっごくきれい」

信じられない。

芙蓉は縁側に登り、そのまま廊下を小走りに玄関へと向かう。

廊下には埃など全くなく、艶やかで芙蓉の顔が映りそうなほど輝いていた。

玄関扉を開けると、華やかな世界が広がっていた。

芙蓉は金縛りになったように立ち竦《すく》む。

躑躅は白、紅、桃色の花を豪奢《ごうしゃ》に咲き誇り、蔓薔薇は愛らしい黄色の花を咲かせていた。

色彩豊かな風景に、芙蓉は言葉を失う。

どういうこと?

これはどういうこと?

樹木医の自分でも混乱してしまう。

ふらふらと夢遊病者のように門に歩いていく。

寄りかかるように門に手をつけば、訪問者を拒否するかのように冷たくざらついていたはずの鉄格子が、まるで新品のように滑らかで光沢を放っている。

芙蓉はポケットから携帯電話を取り出した。

だが送信ボタンを押す前に、再び藺の声に邪魔される。

「お姉ちゃん！　リュウゼツランが咲くよ！」

藺に呼ばれて振り返る。

「え、まさか……」

竜舌蘭は開花し始めたが、全開になるにはまだ時間がかかる。

芙蓉は頭を抱える。

文献では知っていたが、本物を目の前にしたのは初めてだ。

それに日本の気候では育ち方が違うのかもしれない。

だから開花がこんなにも早く……。

戸惑う芙蓉に、優しく穏やかな声がかかる。

「藺、お姉さんの仕事の邪魔をしてはいけないよ」

玄関から出てきたのは、三十代の男性だった。

「パパ！」

藺が三十代の男性に飛びつく。

きっとキヨ子の長男の息子だ。

芙蓉の知らぬ間に、続々とキヨ子の子どもたち、親族一同が集まっているようだ。

「うちの娘がご迷惑をお掛けして申し訳ない」

「いえ、迷惑なんてそんなことないです」

芙蓉は慌てて否定する。

「ご挨拶が遅れてすみません。孫の史治《ふみはる》です。このたびは祖母が大変世話になったようで」

「いいえ、私の方こそお世話になっています。なんだか親族の集まりにお邪魔してしまって」

時間が何度も巻き戻っているような、同じようなやりとりに、頭の奥が酔ったようにクラクラ揺れる感覚がした。

「母がお茶を滝れたと言っているので一休みしませんか?」

「え、でも」

親族の団欒《だんらん》に邪魔ではないかと躊躇う芙蓉の心を読んだかのように史治が続ける。

「雨宮さんはスペシャルゲストで、私たちの案内役ですよ。ぜひ、竜舌蘭や庭の花についてお話してもらえませんか」

「お姉ちゃんも一緒に行こう」

繭が芙蓉の手を握って引っ張る。

「さあ、さあ」

父娘に促されて、芙蓉は家の中へと入っていく。

連れてこられたのはいつものダイニングではなく、初めて入る客間だった。

この家で一番広い部屋なのだろう。

二十畳の和室には立派な座卓が一つに、折り畳み座卓が二つ。

ここなら二十人ぐらいで宴会ができる広さだ。

すでに面識のある次女家族、史恵、孝彦、友里恵が芙蓉に会釈し、どうぞと座布団を差し出した。

「繭ちゃん、大きくなったわね。こっちにチョコレートとクッキーがあるわよ」

友里恵がお土産に持ってきたモロゾフの菓子詰め合わせを見せながら手招きすると、繭は握っていた芙蓉の手を放して友里恵のもとに駆け寄る。

甘いものには勝てないかと芙蓉が苦笑しながら口元を綻ばせていると、長女の遼子が男性を伴って寄ってきた。

「夫の潤介《じゅんすけ》です。子どもたちは明日到着する予定です」

よろしくお願いしますと潤介が頭を下げれば、芙蓉もつられるように三つ指をつき頭を下げる。

「このたびはご親族の集まりにお邪魔しまして」

「いいえ、雨宮さんのおかげです。本当にありがとうございます」

また、同じような繰り返し。

頭の奥がグラリと揺れる。

「雨宮さん」

呼ばれて顔を向けると、友里恵に隣の男性が会釈する。

「夫の章介《しょうすけ》です」

友里恵に紹介され、章介が丁寧にお辞儀した。

「子どもたちは明後日到着します。ますます煩《うるさ》くなると思いますが、よろしくお願いします」

友里恵と章介がにこやかに言いながら、お土産のお菓子を座卓に並べはじめる。

海老《えび》せんべいに蕨《わらび》もち、クッキー。

「わあ、すごい」

繭が顔を輝かせる。

「好きなだけ食べて」

友里恵が繭に言う。

檜山家の初曾孫《まゆ》は一族のアイドルらしい。

まあ、そうなるだろうなと芙蓉は微笑ましく思う。

「さあ、お茶が入りましたよ」

キヨ子と芙蓉の知らない女性がお盆を持って入ってきた。

お盆の上には湯気を上げている煮豆やお新香が乗っている。

女性は芙蓉の前に煮豆やお新香の小鉢を置きながら笑いかける。

「長男の嫁の富美子《ふみこ》です。よろしくお願いします。もう一人の子どもは夜こちらに着くようです」

こちらこそと芙蓉は頭を下げ、同じようなやりとりを富美子ともくり返す。

「繭ちゃんはお新香よりもこっちが好きでしょ」

富美子はエプロンのポケットから、猫のキャラクターが描かれたウエハースを取り出す。

「あ、ピカニャンだ」

繭が立ち上がって富美子に駆け寄る。

「繭ちゃん、危ないから慌てないで」

史恵が声をかけた瞬間、よろけた繭に四方から手が伸びた。子どもが一人いるだけで、家が春のように華やぐ。

「みんなが集まるなんて、本当に久しぶりねえ」

キヨ子がお茶を啜りながらしみじみと口にする。

「だって百年に一度のお花見だもの」

「そうよ。もう二度と見る機会がないかもしれない花なんだもの」

「珍しい花見だな」

「庭の植物なんて、まったく興味なかったけど、まさかそんなに珍しいものが庭に植わっていたなんて」

「お父さんがこの日のために植えてくれたのかしら」

キヨ子の子どもたちが口々に言うと、キヨ子も賛同するように大きくうなずく。

「そうね、夫に感謝だわ。最後にいい思い出ができて」

キヨ子の視線の先には、床の間に飾ってある亡き夫の写真。

「最後なんて寂しいこと言わないでよ、お母さん」

「そうだよ。兄弟が揃うのは難しいけど、年に一回は顔を出すからさ」

「ええ、今までだって顔を出していたじゃない」

キヨ子は子どもたちの反論を嬉しそうに聞く。

「ええ、そうね。でも、みんなと一緒に会えるのは、やっぱり格別に嬉しいわ。寂れた家も、なんだか新築のように見えるほど輝いている。人が集まるっていいわね」

芙蓉も忘れていた家族団欒というものを思い出す。

「本当に。家に人が集まるっていいですね。私も普段は独りなので楽しいです」

隣に座っている富美子が尋ねる。

「都会で独り暮らし？」

「実家暮らしですけど、父はいつも仕事で不在、母は幼い頃に亡くなっていて」

一瞬場が静まり、芙蓉は余計なことを言ったかと後悔するが、すぐに孝彦と史恵の陽気な声が場を和ました。

「結婚しちゃえばいいよ。付き合っている人はいないの？」

「ちょっとアナタ。そういうのはセクハラよ。ごめんなさいね、雨宮さん」

「いやセクハラのつもりはないんだ。雨宮さん美人だし、知的だし。男性が放っておかないんじゃないかと思って。独身の自由さもいいけど、既婚の賑やかさもいいもんだよ」

「アナタっ！」

「うっ！」

史恵が孝彦の脇に見事な肘鉄を入れると、親族から笑いと拍手が起きる。

芙蓉も一緒に噴き出してしまった。

芙蓉自身、家族の温《ぬく》もりなんてここ数年忘れていた。

親や親戚に結婚はまだと言われることに、世の中の女性はプレッシャーやうざったさを感じると世間の声で知っていた。

それでも親族どころか、唯一の家族である父親さえ普段の接点がない、ある意味天涯孤独なライフスタイルの芙蓉には新鮮でくすぐったく感じた。

そういえば父は元気なのだろうか。

便りがないのがよい便り。

なにかあれば自分の耳に凶報が届くだろう。

父の性格を考えれば、吉報や朗報を自慢げに自ら話してくることはしまい。

最後まで笑っていたキヨ子がようやく息を整えて、目じりの涙を拭って言う。

「ああ、楽しい。これも雨宮さんのお陰ね。ありがとうございます」

「いえ、私のほうこそ。道に迷った私を泊めてくださっただけでなく――」

芙蓉の言葉を親族が遮る。

「本当、雨宮さん、ありがとうございます」

「特別のお花見を教えてくださって」

「母がお世話になって」

史治が言ったように、本当に芙蓉がメインゲストのような歓迎ぶりに、嬉しさよりも戸惑いを感じる。

感謝され過ぎて、なんだか頭も体もクラクラしてきた。

楽しい。

嬉しい。

だけど頭の片隅で鳴る警告音。

なにか違う。

なにかがおかしい。

おかしいのは自分のほうだろうか。

突然、部屋の襖《ふすま》が開かれた。

「竜舌蘭が満開です！」

突然現れた三十代の男性、直感的に長男のもう一人の子どもだと理解する。

だが、それ以上に驚くのは、竜舌蘭が咲いたという言葉。

確かに下の蕾は開きかけているが、咲いたというほどではないのに。

「ほら、中庭に出て」

「あら、本当」

「すごい」

そんなはず……と芙蓉は絶句する。

開花は始まっているが、満開にはまだ時間がかかる。

そのはずなのに……。

親族が立ち上がる中、戸惑う芙蓉に藺が抱きついてきた。

「お姉ちゃんも行こう」

藺に促され、芙蓉はおぼつかない足元で中庭へと引っ張られる。

「……これは」

芙蓉は縁側で言葉を失う。

まだ先だと思っていた、竜舌蘭が見事に開花していた。

黄色いボンボンをいくつも持ったような姿で天にそびえている。

最後の艶姿《あですがた》を誇らしく見せびらかすように、黄金の花を咲かせていた。

「……どうして」

気候のせい？

いや、でも本来の竜舌蘭が育つ気候よりも気温は低いはずなのに。

それとも最後に、命を燃やす時には気候など関係ないのだろうか。

いや……そんなはずは……。

「やっと咲いたね。おばあちゃんから電話が来て一週間だもん」

芙蓉に抱きついている繭が無邪気に言う。

「一週間？」

今日はここに来て三日……のはずだ。朝に確かめた、はず。

震える手でポケットから携帯電話を取り出し日付を確認しようとしたら、液晶が死んでいた。

闇のように真黒な液晶は、何度ボタンを押してもなにも応えない。

さっき落としたから？　でも、拾った時に無事を確認したのに。

どういうこと?

今は何日なの?

キヨ子の家に来て三日経ったと思っていた。

でも、それ以上に経っていたのか。

くり返される同じような会話。

のどかで刺激のない日々。

「ほら、雨宮さんも近くに寄ったらどうですか?」

誰かに促されても困惑したまま動けない。

すらりと伸びた花茎。

鮮やかな黄色の花。

芙蓉を褒めたたえる檜山家の人々の声。

なにもかもが芙蓉を戸惑わせる。

「まるで大きな菊みたい」

「タンポポにも見えるわ」

「チアガールがポンポンを持って踊っているようにも見えるな」

「それよりはフラガールじゃない? 下の葉がフラダンスのヒラヒラした腰巻に見える」

「思ったより華やかね」

親族たちは口々に感想を述べながら中庭に降り、吸い寄せられるように竜舌蘭の下に集まっていく。

芙蓉だけは足が凍ったように動けなかった。

「お姉ちゃんも行こう」

繭が芙蓉の腰に抱きつき、後ろには穏やかな笑みを浮かべているキヨ子が立っていた。

「早く、早く」

繭が焦れったそうに芙蓉のセーターの裾を引っ張る。

「え、あ、うん。でも」

繭に急《せ》かされるも、頭が混乱したまま動けないでいる芙蓉に、キヨ子がそっと声をかけた。

「雨宮さん」

「は、はい」

キヨ子が丁寧に頭を下げた。

「本当にありがとうございます。雨宮さんのお陰で、素敵な思い出ができました」

顔を上げたキヨ子の目には涙が光っている。

口を開きかけた芙蓉の腕を、繭が子どもとは思えない力で引っ張った。

「きゃ……」

バランスを崩しつつ中庭に靴下のまま降りてしまった芙蓉を繭が笑う。

タイツの汚れも気にせずに笑いながら進んでいく繭は、ぐいぐいと力強く芙蓉の腕を引っ張り強引に竜舌蘭へと誘う。

途中で手にしていた携帯電話を落としてしまった。

「ま、待って」

竜舌蘭を囲む親族のそばに来た時、芙蓉の鼻が植物の香りをとらえる。

棘《とげ》のようにチクチクと鼻孔を刺すような青いにおい。

これは……竜舌蘭の花の香り?

香りまでは文献に載っていなかったので、芙蓉にはわからない。

大きく息を吸い込む。

「これは……この香りは……」

この香りは知っている。

決して、竜舌蘭のものではない。

芙蓉が記憶を引っ掻《か》き回していると、聞き覚えのあるメロディーが中庭に鳴り響く。

竜舌蘭に夢中になっていた親族たちが音の源を探してキョロキョロする中、ゆっくりと中庭に降り立ったキヨ子が、落ちている携帯電話を優雅に拾って芙蓉の前に差し出した。

何度ボタンを押しても反応がなかった携帯電話の液晶に『朝比奈匡助《きょうすけ》』の文字。

震える手で携帯電話を受け取って、通話ボタンを押す。

『もしもし、雨宮さん？』

聞きなれた朝比奈の声に、膝が折れそうなぐらい安堵《あんど》する。

「あ、朝比奈さん……」

『大丈夫？』

どこか切羽詰まった朝比奈の声。

「大丈夫って？」

『連絡するって言って、ずっと電話が来ないから』

ずっと……？

『なにかあったんじゃないかと心配したよ』

「ずっとってどのくらい……」

ふと視線を感じて顔を上げれば、キヨ子や繭をはじめ、すべての親族が芙蓉に向かって仮面を貼り付けたような笑みを浮かべていた。

芙蓉の手から携帯電話が落ちた。足が力をなくし、ゆっくりと体が倒れる。

『雨宮さん？　雨宮さん！　もしもーし！』

朝比奈の声が遠くに聞こえる。

雨宮さん、雨宮さん。

自分を呼ぶ声。

キヨ子さん?

芙蓉は重い瞼《まぶた》をゆっくりと開けた。

「雨宮さん。僕がわかる?」

朝比奈だ。

朝比奈が自分の顔をのぞき込んでいる。眉間にしわを寄せ、真剣な表情で。

朦朧《もうろう》とする意識で、赤い光が転回する空を見上げる。

怒号のように飛び交う「確認」「用意」「連絡」などの声。

首を回して見れば、自分はどこかの林の中で倒れて、朝比奈に抱きかかえられていた。

「よし、せーの」

野太い男たちの声に顔を向ければ、救急隊員が患者を乗せたストレッチャーを担いだところだった。

毛布にくるまれた患者の顔が見えた。

(キヨ子さん!)

芙蓉は叫びだすところだった。

叫ばなかったのは自分自身の体力が低下し、とっさに声が出なかったからだ。

キヨ子を乗せて救急車が去ると、棘のようにチクチクと鼻孔を刺すような青いにおいが消えた。

掠《かす》れた声で芙蓉が尋ねる。

「……朝比奈さん。ここは？」

「よかった。意識はしっかりしてそうだ」

朝比奈が毛布ごと芙蓉を抱き上げる。

なにもかもわからないまま、芙蓉は目を閉じ朝比奈に体を預けた。

瞼の裏にしばらく鮮やかな黄色い花が煌《きら》めいていたが、やがて闇に消えた。


再び意識を取り戻した時は、病院のベッドの上だった。

左腕から伸びる点滴の半透明な管をぼんやりと眺めていると、反対側から話しかけられた。

「起きた？」

気怠《けだる》く振り返れば、ジーンズにタートルネックのセーターを着た、見慣れない私服姿の朝比奈が安堵したように微笑んでいる。

「本当に驚いたよ」

朝比奈はサイドテーブルに置いてある吸い飲み器を摑んで、慎重に芙蓉の口元に運ぶ。

自覚はなかったが、かなり喉が渇いていたようだ。

芙蓉は夢中で吸い付く。

生暖かい白湯《さゆ》が喉を潤しながら胃に届き、体が温まっていくとぼんやりとしていた頭もクリアになった。

「私、一体どうしたの?」

林の中で倒れていたことと、朝比奈に抱きかかえられたことはなんとなく覚えている。

「こっちが聞きたいよ。林の中に老女が倒れているって電話がかかってきたかと思えば突然切れて、何度かけなおしても繫がらないし。GPSで捜して見れば、老人だけじゃなく芙蓉さんまで倒れていて」

「キヨ……一緒に倒れていた人は?」

朝比奈の表情が曇る。

教えてと強く促すと、朝比奈は重たくなった口を開いた。

「ちょっと危ない状態だ。雨宮さんと違って、三日ほど彷徨《さまよ》っていたようだから。途中で体力がなくなり、倒れこんだんだろう」

そこを芙蓉が見つけたのだ。

「三日……」

三日と言えば、芙蓉がキヨ子の家で過ごした時間だ。

「痴呆症《ちほう》で徘徊癖《はいかいへき》があったそうだ。いつの間にか施設を抜け出して、親族もずっと捜していたようだよ」

「痴呆……」

芙蓉の知るキヨ子はとても元気でしっかりしていた。

――あの家は……。

脳裏にチアガールかフラガールが踊っているように見える竜舌蘭が蘇る。そこに集まる親族たちの笑顔。見守るキヨ子の満たされた笑み。

病室のドアが静かな音を立ててスライドし、六十歳前後の女性が入ってきた。

その顔には見覚えがあった。

女性は六人部屋を見回して、芙蓉に目を止める。

小さく会釈してから、女性は芙蓉のそばにやってきた。

「湯川《ゆかわ》遼子と申します。あなたに助けていただいた檜山キヨ子の長女です」

今度は深々と遼子は頭を下げる。

「今回は本当にありがとうございます。雨宮さんが見つけてくださらなければ、母はそのまま亡くなっていたでしょう」

「……ほんの偶然ですから。それよりお母さまのご容体は？」

遼子は目を伏せ、悪いことを尋ねてしまったと芙蓉はつい口を出てしまった言葉を恨む。しばしの沈黙の後、遼子が手を固く握りながら口を開いた。

「まさか、あんな遠くにまでひとりでいけるとは思っていませんでした。施設から十キロも離れた場所に。でも……私たちも気づくべきだったんです」

遼子は悔しそうに、悲しそうに唇を噛みしめる。

「今では雑木林になっていますが、あそこには昔、母のというか、父の実家があった場所なのです。かなり立派な家で、そこに嫁いだと母は話していました。子どもである私たちはその家のことは知りません。母が妊娠してすぐに、道路を通すという計画が持ち上がって県に売ってしまったとか。でも、途中で政権交代が起きて計画はずっと棚上げ状態。それなら簡単に手放すのではなかったと、両親が言っていたのを覚えています。まさか、施設を抜け出して消えた婚家《こんか》へ向かっていたなんて」

遼子は深く息を吐く。

「そこは中庭のある……広くて厳かな平屋の日本家屋で？」

遼子の肩が跳ね、驚いた目で芙蓉を見る。

「なぜわかるのですか？　確かに、写真でしか見たことありませんが、平屋の立派な日本家屋で、中庭もあったようです」

遼子の疑問と不信を消すように、芙蓉は微笑む。

「まだ意識のある檜山さんと少しだけお話ししました。子どもや孫たちにも見せてあげたかったって」

遼子は絶句し、震える手を口元にあてる。

「……だから……でしょうか。母は危篤状態とは思えないとても穏やかな顔をしています。ずっと施設に閉じ込めて……。母は思い出の場所に行きたかったの……」

遼子の目に涙が溜まっていく。

「お母さまのそばにいてあげてください」

芙蓉が声をかけると、遼子はすみませんと頭を下げる。

涙が床に落ちた。

「後ほど親族一同できちんとお礼を言わせてください」

目を押さえながら遼子が病室を出ていくと、取り残されたような顔をした朝比奈が問いかける。

「どういうこと？　なにがあったの？」

芙蓉は自らサイドテーブルに置いてある吸い飲み器を掴んで喉を潤す。

「助けた檜山キヨ子さんは植物に取り憑《つ》かれていました」

「……ボタニカル病患者ってこと？」

「ええ。だから私は彼女の気配を感じて林に倒れていたのを発見できたし、警察でも救急でもなく、朝比奈さんに最初に電話したんだと思います」

芙蓉はおかわりというように朝比奈に吸い飲み器を差し出す。

「でも、彼女を見つけたとたん、彼女の病に引き込まれてしまったんです。……たぶん」

それで気を失った。

気を失いキヨ子の夢に囚われたのだ。

過ぎ去ってしまったかつての栄光を子どもたちに見せたいという夢に。

鼻を刺す青臭いにおい。ほんの少し血のにおいが混じっているにおい。

芙蓉だけが感じることができる、ボタニカル病患者特有の体臭。

キヨ子は竜舌蘭に寄生されていた。

珍しい植物が手に入ったと、彼女の夫が庭に植えた竜舌蘭に。

百年を待たずに、家とともに消えたのであろう竜舌蘭は、キヨ子に取り憑くことで生きながらえ見事に花を咲かせたのだ。

自分が生きていたことの証《あかし》を最後に残すために。


念のため精密検査をしたがまったく異常はなく、芙蓉自身がさっさと退院を望んだため、めでたく翌々日には家に帰ることができた。

その三日後にキヨ子が亡くなったとの訃報が届いた。

親族代表として長男から届いた手紙にはキヨ子を見つけてくれた感謝と、昏睡《こんすい》状態であったキヨ子がずっと微笑むように幸せそうな表情を浮かべていたことと、通夜と告別式の日時が書かれていた。

「キヨ子さんは竜舌蘭と一緒に幸せな夢を見ていたんだわ」

病気は人を不幸にする。

でも、ボタニカル病患者だけはそうとも言い切れないケースがある。

心に寄生する植物は、時に欠けた心を補塡《ほてん》するのだ。

お互いに利益を得る寄生関係は、いくらでも自然界に存在する。

たとえば腐生植物は自ら光合成ができないので菌類を寄生させることにより有機物を得る。

一方的に寄生した側が利益を受けているケースも多いが、寄生というより共存といったほうがいい関係も確かに存在する。

朝比奈の研究室で手紙を読んだ芙蓉はそっとため息をつく。

朝比奈は芙蓉の話を聞きながら、患者のデータベースに情報を打ち込みながら言う。

「そうだね。雨宮さんのお父さん、雨宮氏の仮説は正しいと思う。植物は人間の心に寄生するんだ。植物が望んだからなのか、人間が望んだからなのかはわからないが。でも……」

朝比奈はキーボードから手を放し、フーっと大きく息を吐く。

「僕は後者だと思っている」

なぜと問う芙蓉の瞳をまっすぐに見つめて、朝比奈は言う。

「僕の患者がそうだから」

カタカタと窓が鳴る。

冷たい風が建て付けの悪い窓の隙間から部屋に入り込んできた。

なんだか不吉な冬の気配に、芙蓉はブルっと身を震わせた。

冬ノ章　多幸感とその代償を与える花

足の踏み場もないほど隙間なく萎《しお》れた花が敷き詰められた大地。

どこまでも、どこまでも醜い花が広がっている。

かつては色とりどりの花が美しく咲き誇っていただろう花畑は、瀕死《ひんし》の老人の皮膚のようだった。

そして、自分はその上に膝を抱えて座っている。

「……懐かしい」

ぽろりと言葉が零《こぼ》れたが、なぜ懐かしく感じるのかわからない。

頭上に広がる空はプラスティックのようにのっぺりとした薄灰色。空気は少し冷たい。

ふと思う。

なぜ、自分はこんな寒々しい場所にいるのだろう。

辺りを見回しても誰もいない。

空と花しかない世界で、呆然《ぼうぜん》と地平線を見つめ続けた。

草花の枯れたにおいに混じって、微《かす》かに腐敗臭も漂ってくる。

ずっとここにいては自分も枯れて、腐って、土に飲み込まれてしまう。

すぐにでも立ち上がって、ここを去らねばと思う。

だけど、ここは落ち着く。懐かしくて居心地がいい。ずっとここにいたい気もする。

なぜだろう?

スカートの布越しにも、湿った草花の不快な感触が伝わって来る。冷たい風が屍《しかばね》のように横たわっている萎《しな》びた花弁《はなびら》を捲《めく》り上げると、枯れ草と湿った土の不快なにおいが強くなる。

それでも、ここに留《とど》まりたいと心のどこかで声がする。

「でも、一生ここにいるわけにもいかない」

こんな場所にずっといるわけにはいかない。

行かなくてはと思うのに……、なのにいくら足に力を入れても、手で地面を押しても根が張ってしまったように腰が上がらない。

体がだるい。

もう、このままここにいてもいいか……。

そんな諦めの気持ちが湧き上がって来た時、ふと鼻先にツンと刺激臭が香り、先ほどまでの倦怠感《けんたいかん》がはじけ飛び、猫が跳び上がるように立ち上がった。

これは消毒液のにおいだ。

においから逃げるように走り出す。

どっちへ行ったらいいかなんてわからないが、とにかくここから離れようと必死に足を動かす。

萎れた茎や葉が、ここに留まらせようとするかのように絡みつき何度も転びそうになる。息が上がる。

逃れようとすればするほど、恐怖に似た何かが追いかけて来る。

いつの間にか花々の屍はなくなり、足元には健康な土が見えていた。ふんわりと肥沃な大地の逞《たくま》しいにおいが立ち込める。

それでも人工的な薬品のにおいが追いかけて来て、消毒用のアルコールに悪酔いしたように頭がクラクラする。

背中に強い衝撃を感じた。

心地よい世界から自分を追い出す容赦ない神の手は、緑色をしていた。


ガクンと首が前に折れた反動で、芙蓉《ふよう》は目を覚ます。

電車内が暖かくて、ついうたた寝してしまった。

スンと鼻を鳴らし、軽く左人差し指で鼻柱を擦《こす》った。

鼻孔の奥に夢の記憶が残っている。

枯れ木と腐った葉と土と薬品を混ぜたような不思議なにおい。

夢の内容は覚えていない。なんだか懐かしくて、悲しくて、怖かった気がする。

心地よい夢とは思えないのにずっと浸かっていたかったと、なぜか思った。

周りを見渡せば、乗車率百パーセントほどだった車内は、今ではぽつんぽつんと乗客が座席に座っている程度になっていた。

平日の昼間に都心から一時間も下ればこんなものだろうと、周りに人がいないのをいいことに、芙蓉は座ったまま両手を上げて背筋を大きく伸ばした。

次の駅を案内するアナウンスを聞いて、幸いにも寝過ごしてはいなかったことに安堵《あんど》して大きく息を吐く。

目的駅まであと三駅。

暖かさに再びまどろみそうになるのを堪《こら》えて、バッグからメモ張を取り出し、これから面会する榊原宗助《さかきばらそうすけ》氏の情報を確認する。

朝比奈《あさひな》のメモはとても簡潔で、つまり情報不足だった。住所や氏名、年齢など基本情報以外には、何度接触を試みても断られるということぐらいしか書かれていない。

芙蓉は深くため息をつき、メモ帳をしまう。

患者と思われる榊原氏に会う約束は意外にも簡単に取り付けられたが、正直気が進まない。

そもそも今回は、彼が本当に植物に寄生されているのかわからないのだ。

訪ねて行って、違いましたなんてことになったら骨折り損のくたびれ儲《もう》け。だけでなく、自分も相手もきっと嫌な思いをするに違いない。

せめて、患者が本当にボタニカル病だと、ある程度の確信がとれてから話を回してほしいものだ。

芙蓉は再び深く息を吐く。

朝比奈自身には植物の声を聞く力も知識もないのだから仕方ないとしても、ほぼ丸投げ状態なのはどうなんだろう。

本職が忙しいから難しいとはわかっているが、少しは植物の勉強もして欲しい。

というか、なぜ彼はボタニカル病に興味を持っているのだろうか。

車窓を流れる東京とは思えない緑豊かな景色を見ながら、ふと思う。

ボタニカル病の研究は誰かに勧められたのでも強要されたのでもなく、自ら興味が湧いて自主的に関わったと言っていた。

まだ世間にもほとんど知られてなく、研究者も少なく、謎が多い病気。未知の分野は発見の宝庫。

第一人者になって医学界で名を馳《は》せるという野心があるのか？

きっかけは芙蓉の父と出会ったことだろう。

すでにボタニカル病の存在を知り、治療の研究を始めていた父がもともとは朝比奈のパートナーだったのだ。

今では国内国外と飛び回っている父に代わって、芙蓉がこうして朝比奈のパートナーとなっているが、以前は――。

以前って、どれくらい前だっけ。

父と朝比奈との出会いは……なんだっけ？

さっきうたた寝してしまったせいか、頭がぼーっとする。

思い出そうとすると、頭のあちこちに霞《かすみ》がかかる。この若さで健忘症とか勘弁してよと自分自身に呆《あき》れていると、電車が止まって扉が開き冷たい空気が流れ込んできた。

ハッと顔を上げると目的駅。

芙蓉は慌てて飛び降りた。


駅からバスで二十分。さらにバス停からほとんど人の通らない畑と雑木林に囲まれた道を歩く。

冷蔵庫の中を歩いているような寒さの中、白い息がふわっと空気に溶けていく。都心よりも二、三度低いだけでなく、枯れ草や枯れ木、灰色の空が広がる寂寥《せきりょう》とした風景がより体感温度を下げる。

十分ほど歩き続けると、ようやく目的の家が見えてきた。

「いい家だわ……」

ほうっ……と芙蓉はうっとりとした目で屋敷を見回す。

昭和初期に建てられたモダンな木造家屋。冬蔦《フユヅタ》が這《は》う白い壁、ステンドグラスをはめ込んだ窓、緑の屋根。広い庭には四季を意識した様々な植物が植えられている。

冬の時期なので、花や青い葉をつけている植物は少ないが、それでも賑《にぎ》やかな庭だということがわかる。

植物に囲まれた芙蓉の自宅を思い出させた。

髪を手櫛《てぐし》で整え、一呼吸してから玄関ベルを鳴らした。

キンコーン、キンコーンと使い古された金属ベルの音も趣があっていい。

しばらく待ったが、家は沈黙したまま。

もしかして、やはり気が変わって面会を拒否……とか。

「ここまで来たのに勘弁して欲しいわ」

拒否するなら電話した時点で拒否して欲しかった。わざわざ二時間もかけて来たというのに。

そもそも今回の患者がボタニカル病かどうか確信を得ないのは、患者本人が来院どころか訪問も拒否、さらに心配する親族の来訪さえ拒否し、自宅でひとり籠城生活しているからだ。

だがなぜか、芙蓉の申し出はすぐに受け入れてくれた。なのに、この現状はなに？

芙蓉はだめもとでもう一度ベルを鳴らす。

しばらく耳を澄ますが、やはり反応はない。

家を見上げて灰色の空に向かい、ため息を吐く。患者はともかく、この家の中は見てみたかったと、残念な気持ちで踵《きびす》を返そうとした時、扉の向こうから声がした。

「開いているよ」

しわがれた男性の声だった。

彼が患者の、榊原宗助本人だろうと確信しながら芙蓉は厚い木製の玄関扉を開けた。

大きな玄関の先に、薄暗い廊下が伸びている。

「お邪魔します」

静まり返った廊下の先に向かって言うと、すぐ手前の部屋、半分扉の開いた部屋からジージーと聞きなれぬ小さな機械音が近づいてきた。

玄関先に突っ立っている芙蓉の前に、電動車椅子に乗った老人が現れた。

挨拶をしようと開きかけた口が固まり、芙蓉は老人――榊原宗助の姿を思わず凝視してしまった。

「悲鳴をあげて逃げられなくてよかった」

榊原の声に我に返り、慌てて頭を下げた。

「初めまして。昨日お電話した雨宮《あまみや》芙蓉です」

顔を上げた芙蓉は失礼にならないよう慎重に、そっと彼を観察する。

厚手のフリースのパジャマの上からでも、彼の体が干からびた木のように細く頼りなさげなのがわかった。白髪はかなり薄くなり、ほとんど頭皮が見えていた。

七十代と聞いていたが、九十歳ぐらいに見える。

そして、とても穏やかな目をしていた。

ずっと人と会うことを拒否していたと聞いていたから、もっと気難しい人で、会えたとしてもまともに会話してくれないかも、と考えていた。

「このたびは貴重なお時間をいただきまして……」

榊原は軽く左手を上げて芙蓉の言葉を遮る。紺色のフリースの袖口から、細い枝が蔓のように手首に巻きついているのが見えた。

「寒かっただろう。温かいお茶でも飲みながら話そう」

ウィーンと車椅子が半回転し、廊下の奥へと進んでいく。

　ポトリ、と車輪の間に白い花が落ちた。同時にジャスミンの花に似た清涼感のある甘い香りが漂う。

　カサ、カサと葉擦れの音とともに、一枚、二枚と鮮やかな緑色をした葉が足跡のように落ちていく。

　芙蓉は榊原の襟元から後頭部へと這う細い蔓のような枝、そこに生える小さな葉と白い蕾《つぼみ》から目が離せないまま、花や葉を拾いつつ彼についていく。

　においや気配を感じ取るまでもなく、榊原がボタニカル病に侵されているのは明白だ。

　今は襟や袖口からしか見えないが、なにかの植物が彼の体を蔓のように覆っている。むしろ蝕《むしば》んでいると言っていい。

　タータンチェックのひざ掛けが奇妙な凹凸を描いているのは、彼に絡みつき歩行を奪った枝葉があるからに違いない。

「若い方にはコーヒーのほうがいいかな。残念ながらインスタントしかないのだが。わしは緑茶しか飲まないので」

　ダイニングキッチンに入ると、榊原はキッチン台ではなくテーブルに車椅子を進めた。

　四人掛けテーブルには三つしか椅子がなく、空いている場所に車椅子を止める。

　芙蓉が来るから前もって用意しておいたのか、テーブルには保温ランプがついた湯沸かしポットとティーセットが置いてあった。

「よろしければ私が淹《い》れましょうか」

芙蓉の提案を榊原は小さく笑って断る。

「なんの、これぐらいは不自由なくできますよ。それに独り暮らしが長いもので」

「では、同じ緑茶を」

芙蓉は榊原の向かいに腰を下ろした。

榊原が急須にお湯を注ぐと湯気とともに、ふわりと緑茶の苦くて芳《こう》ばしい香りが立ち昇った。花の甘い香りと混ざって、なんともいえぬ不思議な空気に酔ってしまいそうだった。

一口煎餅《せんべい》を盛った小鉢とともに差し出された湯呑《ゆのみ》を両手で包んで、その熱さに自分の体がどれだけ冷えていたかに気がつく。

榊原が話しかける。

「こんななりですまないね。驚いただろう」

「い……いえ」

「昨日、ちゃんと目立つところは切り取っておこうと思ったんだけど、久しぶりに若い女性と会うと思ったら緊張疲れをしたのか眠ってしまってね」

榊原がひざ掛けの上から太ももを擦《さす》りながら続ける。

「足、というか膝下の枝は太くしっかりと根付いてしまって、もう足自体が木の幹のようになってしまったから放っておくしかないけれど、上半身はまだ枝も細くて柔らかいし、首元と手首ぐらいにしか巻きついていないんだ」

それでもかなり不自由でしょうと、口を開きかけた芙蓉を榊原が左手を上げて制す。

「治す必要はないんだ」

榊原が先制するように言葉を発した。

椿《ツバキ》に似た葉の形、花の形。ジャスミンに似た芳香。

「自分の体だ。わしにはこの植物、病気のことがわかっている」

ポトリと、また白い花がテーブルに落ちた。

「……沙羅双樹《サラソウジュ》」

芙蓉の呟《つぶや》きに、榊原が嬉《うれ》しそうに微笑む。

葉と花の特徴から正体を探り当てたが、これが沙羅双樹と言われても普通は納得できないだろう。

なぜなら沙羅双樹は木だ。蔓のように細い枝を這わすようなことはしない。それに葉も花も小ぶりで、よほど知識がなければ榊原に取り憑《つ》いているのが沙羅双樹だとは見破れないだろう。いわば、人間《ひと》に寄生するために蔦植物に進化した奇怪な沙羅双樹だ。

なにも知らない人が目にすれば驚き、恐怖する姿だ。

だから榊原は誰にも会わず、受診すら拒否してきたのだろうか。

「できればこのまま誰にも会わずに、ひっそりと沙羅双樹に包まれて永眠したかった」

「でも、そのお姿を親戚の方に見られてしまったんですね」

榊原は小さく肩を竦《すく》めた。

「しくじってしまった。用心していたんだが。うっかりひざ掛けが風で捲れてしまってね。庭の手入れをしていた時に、突然訪ねてきたから」

「……驚かれたでしょうね」

「いや、最初は見間違いだと思ったようだよ。その時は、お互いにこれについてはなにも言わずに別れた」

榊原が左手首に巻きつく枝についている小指の先ほどの白い蕾を、右手で摘み取りテーブルに置いた。少しつぶれた蕾から、濃厚な花の香りが漂う。

驚くというよりも信じられないという気持ちのほうが強く、自分の目をまず疑ったのだろうが、そのまま放っておくことはできずに、やがて朝比奈の耳に入ることとなった。それが約半年前。

半年間、榊原は沈黙を貫いた。

「なぜ、私との面会を許していただけたのですか？」

榊原は緑茶を一口啜《すす》り、ゆっくりと味わっている。考え込むというより、気持ちや言葉を整理しているように見えた。

「ひとつの理由は、時間が来たと思ったんだ」

「時間？」

「そう。もう時間が来たと思って。ふたつめの理由は、あなたはとても優秀な樹木医だというから」

芙蓉の頬が引きつる。朝比奈は一体自分のことをどういうふうに榊原に伝えたのだろう。芙蓉の表情から心を読み取ったように、榊原が頬を緩めながら続ける。

「幼い頃から樹木医の父親と一緒に緑に囲まれて育ったあなたは、植物と会話ができると」

あやうく持っている湯呑を落とすところだった。

「……そんな荒唐無稽な話を」

「荒唐無稽というなら、今のわしの姿だってそうだ。まさか植物に寄生されるなんて」

口調は自嘲気味だったが、彼の顔は穏やかで優しい。

「怖くはないんですか？」

「沙羅双樹がかい？　こんな可憐《かれん》な花が？」

「だって……不自由でしょう。それにどんな弊害があるかも」

榊原が左袖を肘まで捲って見せる。

血管の浮いた細い腕に、緩くしなやかに蔓のような枝が絡みつき、本来の大きさの十分の一ほどもない葉と蕾が先っぽのほうについている。

枯れた土から辛《かろ》うじて栄養を補給し生長しているように見える枝を、榊原は愛《いと》おしそうに指でなぞりながら言う。

「怖いことなんてなにもない。自分の体に起きていることはよくわかっている。この植物と対話ができるんだ。あなたならきっと、わしの気持ちをわかってくれると思って」

榊原はテーブルの上で腕を近づけ、芙蓉の顔をまっすぐに見つめる。

芙蓉は恐る恐る手を伸ばし、真っ白い蕾に指先で微かに触れた。

沙羅双樹は榊原を栄養素として生長している。

彼はまさしく土壌とされている。

それでも彼は怖くないと言う。

「一方的な寄生じゃない。クマノミとイソギンチャク、カバと小鳥、アリとアブラムシ、いわば共生関係だ。会う人を驚かせる、少々体が動きにくくなるという副作用はあるが」

植物の声を聞いただろうと榊原が問う。

芙蓉の返答を待たず、そうなったと確信して榊原は続ける。

「朝比奈先生は病気だという。でも、違う。これは治療だ。植物が治療してくれている。少なくとも、わしにとってはそうだ。医者はもういい。医者はいらない。痛み止めも精神安定剤も、植物が代わってくれる。だからわしはこうして、残り少ない時間を穏やかに過ごせるんだ」

コトンと手がテーブルに落ちた。

その衝撃で、蕾が転がる。

「すまないが、眠くなってしまった。久しぶりに美しいお嬢さんとお話なんかできたものだから、緊張したのだろう。遠いところからわざわざ来ていただいて本当にすまないが、休ませてもらってもいいかな」

「あ、はい、もちろんです。すぐにお暇《いとま》します」

「湯呑はそのままで、玄関の鍵もかけなくていい。盗まれて困るものなどなにもない……から」

糸が切れたようにという表現がぴったりなほど、榊原は車椅子の上でコクンと寝落ちしてしまった。

久しぶりに客人を迎えて疲れたのか。

芙蓉は彼の捲れた袖を直し、ひざ掛けを胸元まで引き上げる。

しばし迷った後、急須や湯呑を洗って榊原家を後にした。

玄関を出て少し歩いてから振り返り、蔦植物に覆われた家を眺める。

蔦に覆われた家は、まるで着飾った貴婦人のように凛《りん》として、なんとなく榊原本人にも見えた。

消毒液のにおいが鼻について、どうにも気分が悪い。

芙蓉は眉間に深いしわを寄せたまま、コーヒーカップに突っ込むぐらい鼻を近づける。

「犬にでもなったの？」

朝比奈が怪訝《けげん》そうに首を傾げる。

「この部屋、今日はずいぶんと病院臭い」

朝比奈は白衣の襟元や袖を鼻に近づけて嗅いでみる。

「いつもと変わらないと思うけど。薬品を持ち込んだりもしていないし」

「本当に？　とっても臭いんだけど。すごく臭い」

「臭い、臭いって連呼しないでよ。なんとなく傷つく」

芙蓉はしばらく口の中でコーヒーをくゆらせてから、ゆっくりと飲み込んだ。少しだけマシになった気がする。

朝比奈はテーブルに置かれた白い花を手に取り、上下左右いろいろな角度から眺めた。

「この花は？」

「ずいぶんと小さいけれど、沙羅双樹の花。樹脂コーティングしてしまったからもう香らないだろうけど」

芙蓉は榊原の痩せた腕に絡みつく枝葉を思い出す。

「奇妙に変形した沙羅双樹だった。木ではなく、完全に蔓化していた」

彼の腕を見た瞬間、エドヴァルド・ムンクの有名な絵画『叫び』を思い出した。

中央で叫ぶ人と背後の空がぐにゃりと捻《ねじ》れているのに、橋だけが真っ直ぐに伸びていて空間の歪《ゆが》みをさらに強調させる。

「植物自体がこんなに変形している例は初めて見たけど、他にも症例はあるの？」

芙蓉の質問に朝比奈がキーボードを叩《たた》き、データベースを引き出す。

「……木が蔓になるほど変形している例は……なさそうだけど」

そもそも症例が少ないし、とため息交じりに付け加える。

「じゃあ、新しいデータが増えてよかったわね」

「新しいもなにも、すべてが貴重なデータだよ」

コーヒーカップを口元から離すと、すぐに消毒液のにおいに支配されて、芙蓉の眉間に再び深いしわが寄る。

不快なのはにおいだけではない。

「個人情報保護法って知っていますか？　私の許可なく、個人情報を流さないでくださいます？」

「ごめんねぇ。切羽詰まっていたから。早くしないと植物の苗床にされて取り返しがつかなくなると思って」

「いくら切羽詰まっていたとしても、事前に連絡ぐらいしてくれてもいいんじゃない⁉」

「でも、ほら、結果オーライだったし」

「だからと言って――」

ふと疑問がよぎった。

「なぜ、私とはすぐに会ってくれたのかしら」

親族にも朝比奈にも接触を拒んでいた榊原。

芙蓉を優秀な樹木医、植物と対話ができるからと言っていたが、そもそも彼は治療を望んでいないのに。

「そろそろ時間だったからじゃないか？」

「時間？」

榊原もそんなことを言っていた。朝比奈は何か知っているのだろうか。考えようとしても、不快なにおいのせいで思考がまとまらない。

芙蓉はカップを置いて立ち上がる。

「なんだか頭痛がする。今日はもう帰る」

「それは大変。鎮痛剤用意しようか？」

「家にあるから。きっとゆっくり横になっていれば大丈夫」

駅まで送るという朝比奈の申し出を断って、芙蓉はバッグを肩にかけドアへ向かう。

「気をつけて帰ってね。おやすみ。よい夢を」

芙蓉の足が止まる。

おやすみ？　まだ昼過ぎなのに？

鼻の奥をツンとアルコール消毒液が刺す。


「時間とは？」

電動で動く車輪を見つめながら尋ねると、榊原が豪快にくしゃみをした。

一緒にピンク色のシクラメンが揺れる。

落葉して骸骨のようになった木々が多い中、庭の南東一角にある花壇にはシクラメンをはじめ、葉ボタンやプリムラなど冬にも開花する植物が色鮮やかに咲き誇っていた。

庭全体が寂しくならないように、榊原が開花時期を計算して手入れしていたのだろう。

彼の植物への愛が見て取れる。

「晴れているとはいえ、風は冷たいですね。家に戻りますか？」

芙蓉もブルッと体を震わせた。

「もう少しだけ庭を見ていたい。寒ければ先に家の中に入ってくだされ」

芙蓉はコートの前をギュッと合わせて腕を組み、榊原の後ろ襟から三センチほど伸びている沙羅双樹の蔓のような枝を見つめていた。

先についた米粒大の蕾が、彼の呼吸に合わせて震える。

「わしの寿命だよ」

ふいに榊原が言い、芙蓉はすぐに先ほどの自分の質問への答えだと理解できなかった。

榊原は車椅子を九十度回転させ、戸惑っている芙蓉の顔を面白そうに見上げた。

「もうすぐわしの命は尽きる。だから隠す必要がなくなった。そういうことだ」

芙蓉は息を飲んだ。榊原は芙蓉の動揺を気にせずに続ける。

「わしの体に這う沙羅双樹。この姿を見た者は、沙羅双樹がわしの生命を奪っていると勘違いする。でも、そうじゃない。植物と意志疎通ができる雨宮さんならわかるだろう。わしの体を蝕んでいるのは癌《がん》だ。もう、手の施しようはなく、あとは患者の希望に沿って自宅治療という名の、死を待つだけの時間」

芙蓉の鼓動がどんどん激しくなっていく。

榊原の体から落ちた花や葉を手に取って感じた。

彼の体を這っている沙羅双樹は確かに、彼の生命を糧にしていた。

でも、それ以上に彼の命を蝕む存在がいたなんて。

「体に巣くった植物と取引したんだ。わずかな命を与える代わりにと。そのお陰で癌による苦痛が消えた。モルヒネ投薬さえ最近は行っていない。残り少ない時間を穏やかに過ごすことができるよ」

榊原は袖口から白い花を摘み取って見つめる。

「それに目も楽しませてくれる。沙羅双樹なんて、今のわしにふさわしい。いや、身に余る光栄ってところかな」

どういう意味かわかるかい、と言うように芙蓉に花を差し出した。

「ええと……、仏教に関係のある聖なる樹ですよね」

植物自体の知識はあるが、花言葉や伝説など女性が好きそうな蘊蓄《うんちく》についてはそれほど詳しくはなかった。

「そう、仏教三大聖樹の一つだよ」

榊原が得意げに、子どもっぽい笑顔を浮かべながら続ける。

「釈迦《しゃか》が生まれた場所に生えていた無憂樹《ムユウジュ》、悟りを開いた場所に生えていた菩提樹《ボダイジュ》、そして亡くなった場所に生えていた沙羅双樹。これが三大聖樹。わしも最期は仏教徒としてあの世に旅立つ。こんなに優しくて力強い看取り人はないだろう」

榊原に賛同するかのように、白い花の甘い香りが風に揺すぶられて強くなった。

「親族や朝比奈先生はこれを病気と、異常と言う。キミもそう言うかい？」

芙蓉は言葉に詰まる。

「今の医学ではもう手の施しようがない、そんな末期癌患者《わしや》を救ってくれた。もちろん、雨宮さんのように若くて健康な人がこのような目に遭ったのなら話は別だろう。絡みつく枝葉は行動の自由を奪う。行動の自由だけでなく、生命力も奪う。忌避されて当然だ。一般的にはそうなのだろう。でも、わしにとっては違う。救いの手だ。死に怯《おび》えるわしに起きた奇跡だ」

ますます白い花が香る。

「……それも見解の一つだと思います」

芙蓉は押し出すように言葉を口にした。

「病気ではなく、一つの事象だと？」

血の繋《つな》がらない父親への愛情に寄生した梅花藻《バイカモ》、双子の兄の化身とも言える山荷葉《サンカヨウ》、最後の望みを叶《かな》えた竜舌蘭《リュウゼツラン》。

人を苦しめ、寿命を削るのが病だとしたら、ボタニカル病は本当に病気と言っていいのか。

わからない。そもそも症例が少なすぎる。

「人を救う病があるのだろうか？」

榊原の問いに、芙蓉はただ首を振る。

「わかりません。寄生した植物を枯れさせるには、本人がその植物と決別したいという意志が重要なのです。その意志がないのであれば……、少なくとも本人にとっては害ではないのでしょう」

芙蓉は乾いた唇を舌でなぞって湿らす。

「病気は必ずしも完治させなければならないものばかりではありません。共存……という治療もあります」

共存。

榊原の言葉を思い出す。

──クマノミとイソギンチャク、カバと小鳥、アリとアブラムシ、いわば共生関係だ。

「そうだろう。物事は何事にも二面性があるんだ」

榊原がほーっと息を吐く。

「できればそっとして欲しいと思った。だから、誰の訪問も拒否したし、診察も受けなかった。だけど、わしの現状が後世の役に立つというのなら協力するのはやぶさかではない。わしは助けられたが、そうでない人のために」

「父も……そう言っていました」

今なぜ父親のことを口にしたのか芙蓉自身が不思議だった。

「植物は優しい。どこまでも優しい。何も言わずにいつでもそっと寄り添ってくれる。植物が移動しないのは優しいからだと」

なにを言っているのだろう。

こんなこと患者に言うべきではない。

そう思うのに、堰《せき》を切ったように言葉が勝手に溢《あふ》れ出してくる。

「捉え方の違いだと。心の隙間に付け入られたと考えるか、埋めてくれたと考えるか」

芙蓉は自分自身に焦《あせ》る。だけど、言葉が止まらない。

「まさしく害虫と益虫の違いだと。どっちも人間のことなんて考えず、ただ精一杯生きているだけなのに、人間が勝手にラベリングやカテゴライズする。人間に害をなすのは害虫。益をもたらすのは益虫」

ボタニカル病も同じことが言えるのではないか。

それは父が言っていた言葉だ。

榊原と目が合う。

彼は沙羅双樹に命を奪われている。

でも、それ以上の見返りを得てもいる。

「植物は見返りを求めない。見返りも求めずに、自分を求めた相手のそばに寄り添い、決して離れないと」

「わしもそう思うよ」

植物は優しい。どこまでも優しい。

決して誰かを責めたりしない。

あるがままの運命を受け入れる。

「わしは子どもの頃から人づきあいが苦手でね。昔から趣味は庭いじり。ずっと独り身で、今もこうして静かに暮らしている。こんな体だから、誰かの世話にならないわけにはいかないがね。二週間に一度は医師が訪問してくれる。死んだ後始末は親族に委ねる」

「私も似たようなものです。あまり友だちもいなくて、いつもひとりで家の庭で遊んでいました」

芙蓉はオリーブの樹が守る王国を思い出す。

なんとなく母親がいないことに引け目を感じていた。友だちやクラスメイトの家に遊びに行くことは嫌だった。彼女らの母親に会うから。自宅に誘うのはもっと嫌だった。母親がいないのがわかってしまうから。

でも、寂しさは感じなかった。

芙蓉には王国がある。植物たちに囲まれた美しい国で、自分はお姫様でいられるのだから。優しく寄り添ってくれる植物たちに、時には賑《にぎ》やかすぎる訪問者の虫たち。

芙蓉の世界は決して寂しくなんかなかった。

ひとりでいるのも楽しかったが、父と一緒に庭の手入れをすることもこの上なく面白かった。植物のいろいろな知識を教えてもらいながら、自分の王国をどんどん理想に近づけていけるのだ。

幼い頃から自分は父の仕事を引き継ぐのだと思っていた。

植物とともに生きていくのだと。

そうして今、樹木医として生計を立てている。少し、特殊な樹木医として、父と同じ仕事をしている。

「どうかしたかい？」

落葉して寂しくなった楓《カエデ》の木をぼんやりと眺めていた芙蓉に、榊原が不思議そうに声をかけた。

「あっ、すみません。ちょっとボーっとしちゃって」

「なにか気になることでも？」

「いえ、家の庭を思い出して」

植物を眺める榊原の穏やかな横顔は、父親に似ているような気がした。


「そういえば、父は今頃どこにいるんでしょうね」

今日もコーヒーカップに鼻を突っ込む勢いで香りを嗅ぎながら芙蓉がぽつりと漏らす。

朝比奈は目をぱちくりとさせた後、やれやれと肩を竦めて見せた。

「連絡は取っていないの？」

「ええ。なにかあれば連絡が来ると思って。こっちからも特に報告するようなことはないし」

「ドライだね」

「こんなものじゃないですか?」

同じ屋根の下で暮らしていたとしても、いい歳《とし》した娘が今日あったことや仕事のことなどいちいち父親と話すだろうか。話す仲良し親子もいるかもしれないが、自分たちは適度な距離を保って、お互い自由に暮らす関係だ。特に仲が良いわけでも、悪いわけでもないと思っている。

どちらも仕事が生きがいの、人より植物と付き合うほうが楽という人間《タイプ》だから、普通の父娘《おやこ》よりは、若干ドライな関係なのかもしれないが。

「むしろ朝比奈さんに連絡はないんですか? 新しい患者を見つけたとか」

仕事の繋がりが強いのは、芙蓉よりも朝比奈だ。

ボタニカル病患者に接触すれば、必ず朝比奈に連絡がいくはず。

「なにもないね。なにもないよ」

朝比奈は少し傷ついたような表情で首を横に振った。

「それよりも榊原さんの様子はどう?」

すぐに話題を変えて、期待の目を芙蓉に向ける。不自然な態度に訝《いぶか》らないでもないが、問いただすのも面倒でカップから鼻を離す。

「様子もどうも変わりありません。彼は治療を拒否しています。でも……それはそれでいいと思っています」

声のトーンが低くなる。

植物に寄生されることは悪か？

芙蓉たちは病気と言うが、本当にそうなのか？

芙蓉も父も朝比奈も、ボタニカル病から患者を救うために働いている。実際に、患者を救ってきた。

だけど榊原の場合は――。

「治療ではなく、共存という考え方もあります。少なくとも、榊原さんにとってはよい影響を与えていますし。それに……」

彼の寿命はもうすぐ尽きる。残り少ない時間を治療に使う意味があるのか。彼の思うように過ごしてもらうほうがよっぽど有意義ではないか。

そもそも、患者本人が望んでいないのなら治療は無理だ。

「今の時点でできることは本人、榊原さんの望み通り静かに見守ることだけ……しかできない」

声が尻すぼみになる。

たとえ沙羅双樹を取り除いたとしても、榊原が数か月後に旅立ってしまうのは変わらない。ただそばで、進行していく二つの病を眺めているだけしかないのだ。

朝比奈が申し訳なさそうに目を伏せた。

「ホスピスみたいな役割を押し付けてしまって悪いね。辛《つら》ければもう……」

「いいえ、乗りかかった船ですから」

芙蓉ははっきりと言い切る。

「僕が代われればいいんだけど。彼は会ってはくれないから。無理はしないでね」

榊原は自分のボタニカル病を人に見せたがらない。

芙蓉が会うことを許可されたのは、植物を愛する仲間と認められたからだ。

「無理なんかしていません。私は自分にできることをしたい……してみたいだけです。彼の病がどうなるのか、どう影響しているのかも知りたいですから。単にボランティアではなく、ボタニカル病を知る樹木医として」

仕事に誇りを持っているし、自分自身まだ謎だらけのボタニカル病をもっと知りたい。

それに榊原のそばにいて少しでも彼の力になりたい、と純粋に思う。

彼の家、庭は植物への愛情が溢れていてとても心地よいから、時間を見つけては榊原家を訪れている。三日に一回ぐらいの頻度で、もう訪問回数は五回を超えただろうか。

「まめに通っているみたいだね」

「交通費はレポート代として後ほどまとめて請求させてもらいますから」

朝比奈は苦笑して椅子から立ち上がり窓辺に寄った。

「明日は今年一番の寒気が来るらしいよ。夜には雪が降るかもって天気予報で言っていた。榊原さんのところに行くなら、しっかり防寒しておいたほうがいい」

「雪……か。毎日寒いのに、もっと寒くなるのか」

凍える土。眠りにつく草木。

そういえば自分の家の庭は冬支度を済ませただろうか。家の中の鉢植えたちには……あれ？

芙蓉はコーヒーカップをのぞき込んで、小さな波を立てる焦げ茶色の液体の中に答えを探そうとするがなにも浮かんでこない。

うっすらと自分の目が映って揺れている。底のない穴のような黒い瞳に、だんだんと焦《しょう》慮《りょ》が湧いてきた。

――時間だ。

――そろそろ本当が見えてくる頃。

頭の奥に誰かの言葉が響く。聞き覚えのある声なのに思い出せない。

芙蓉は自分の視線から逃れるように顔を天井に向け、それから少し冷めてしまったコーヒーを勢いよく口に含んだ。

瞬間、口いっぱいに刺すような揮発性の痛みを感じ、床にコーヒーをぶちまけた。

朝比奈が跳び上がった。

「なにっ⁉　なにか混入していた？」

芙蓉は荒い息をしながらテーブルの上のティッシュ箱に手を伸ばす。乱暴に数枚ティッシュを引き出し、喉の奥から振り絞って口中の唾液を吐き出す。

自分の口からも、床に広がるコーヒーからも消毒液のにおいが鼻孔を凶悪に刺激する。

朝比奈が慌てて駆け寄り、激しく嘔吐《えず》く芙蓉の背を擦《さす》った。

大丈夫かと何度も聞く朝比奈の声が壁を隔てたように遠く聞こえる。激しく咳《せ》き込む自分の声が煩《うるさ》い。喉が焼け付くように痛い。


車椅子で芙蓉を玄関で迎えた榊原は、心の底から安堵した表情を浮かべた。

「今日来てくれて助かったよ。ぜひお願いしたいことがあって」

芙蓉はコートを脱ぎながら小首を傾げた。

「どうしました？　庭の植物になにか心配が？」

夜は雪になるかもしれないという天気予報のとおり、空はどんよりと厚く、肌を刺すように空気が冷たい。

「いやいや。ここまで寒い日は、さすがに庭に出る気にならんよ。それより、明日はかかりつけ医の訪問日なんだ」

ダイニングキッチンに入ると、すでにポットに湯が満タンで、テーブルには一枚ずつ包装されたクッキーが用意されていた。

芙蓉はいつもの椅子に座って、榊原がお茶を淹れるのを待つ。

緑茶の少し苦い爽やかな香りが部屋を漂うと、芙蓉はそっと肩の力を抜く。

「沙羅双樹の生長が早くて、剪定《せんてい》がうまくできないんだ。手伝ってくれないかな」

湯呑に玉露入りの鮮やかな緑色の茶を注ぎながら、榊原がすまなそうに口を開く。

「剪定？」

目を丸くする芙蓉に、榊原はぎこちなく左腕の袖を捲って見せた。

「これは……」

芙蓉は息を飲む。

榊原の左腕には、びっしりと沙羅双樹の枝が蔓のように巻き付いていた。

「さすがにここまで巻き付かれるとうまく動かせないんでね」

右腕も同じようになっているのだろう。

「主治医が来る前にはある程度剪定して迎えるのだが、ここまで育ってしまうと自分では難しくて。それに背中のほうにも回ってしまったようで」

温かいお茶を飲み干すと、芙蓉はダイニングルームに新聞紙を敷き、剪定鋏《ばさみ》を手に榊原の前に立つ。

「こんなことまでさせて、本当に悪いね」

フリースの前ボタンを外そうとする震える指を見て、芙蓉も手を伸ばし手伝う。巻き付く枝だけではなく、葉や蕾も引っかかってずいぶんと時間がかかった。

ようやく現れた榊原の上半身は、骸骨に皮膚を貼ったような体で、その頼りなさを補うように沙羅双樹がゆるりと纏《まと》わりついていた。

芙蓉は慎重に枝と皮膚の間に剪定鋏を差し込み、パチンパチンと切っていく。

「主治医にはカミングアウトしたんだ。だけど、さすがにこれは心配されると思って。それに生活に支障をきたしているし」

成長速度が最近早くなったんだよと、言い訳のように付け加えると、芙蓉は不吉な思いに囚《とら》われる。

蠟燭《ろうそく》の火は燃え尽きる寸前に、強い炎を上げる。最後の雄たけびのように。

胸がギュッと締め付けられた。

芙蓉は思い浮かんだことを振り払うように小さく首を振って、沙羅双樹に鋏を入れて榊原の体から離していく。

「お手伝いします」

パチンと太い枝に鋏を入れれば、乾いた青いにおいをまき散らす。

「なんだか娘に背中を流してもらっている気分だ。いや、そんなこと言ったら本当の親御さんに失礼だな」

「気にしないでください。私も父のことを思い出します」

「父君はご健在で？」

「ええ。今頃どこにいるのかわかりませんが。植物を追って、あっちこっち全国津々浦々と旅人のような生活をしています。私が成人し、樹木医として働き始めた頃から、ほとんど顔を合わせていませんよ」

ポトン、ポトンと床に落ちる枝葉は、小さく跳ねてゆっくり力をなくしていく。

「枝葉を切っても、体に変調などはないのですか？」

「ああ。それは表面だけに見えるものだから」

予想通りの返答に芙蓉はうなずく。花を吐いたり、忘れた子どもを生み出したり、誰かを夢に引き込んだりと不思議な現象に惑わされてはならない。手掛かりにはなるが、寄生する植物の真実はもっと深いところにある。

「そう、その奥を覗《のぞ》かなければ真実には出会えない」

芙蓉の心の声に反応したかのような榊原の言葉に、うっかり鋏を落としそうになった。

「よくよく見るんだ。自分の内側を。本当の正体を」

「本当の正体？」

「そろそろ時間だよ」

パチン、と切った蔓のような枝から、甘い花の香りではなく刺激のある薬品臭が立ち昇る。

榊原の凍えた大地のような背中が広がっていくように見えた。

芙蓉の背中にも冬の凍《い》てつく風を感じる。

慌てて目を擦《こす》った。

床に散らばった沙羅双樹の欠片からも不快なにおいが発せられ、病室にでもいる気分になってくる。

パチン。パチン。

鋏を動かすほど、においが強くなる。

「冬に眠りにつく植物は多い。雨宮さん、キミもそうだ」

「え？」

「そうだろ。芙蓉」

榊原が振り返り、芙蓉は鋏を床に落とした。

「……お父さん？」

名前で呼ばれたせいか、振り向いた榊原が一瞬父親に見えた。

気のせいかと芙蓉は軽く頰を叩く。

部屋に充満するアルコールの入った刺激臭に、少しずつ鼻が馬鹿になってきた。同時に頭の中の霧が少しずつ晴れていく。

「もう時間だよ」

榊原が言う。

「キミの花は枯れる。枯れただろう」

「なにを……？」

芙蓉は足元見つめる。

榊原の体から切り取った沙羅双樹の枝葉が、雪が解けるように形が崩れて液体になり床に染み込んでいく。

代わりに薬品のにおいが濃くなっていく。

「花が……消えていく」

さっきまで枝葉で散らかっていた床が、どんどんきれいになっていく。

「わしが望んだから沙羅双樹が現れた。釈迦のように沙羅双樹の元で静かに眠りにつきたいと望んだから」

榊原は自分の腕を見つめる。床に落ちたものと同様、榊原の体に巻き付いていた沙羅双樹もゆっくりと萎《しぼ》んでいき、やがて水のようになって皮膚に戻っていく。

「鋏……入れる必要なかったのかな」

訳がわからないまま、芙蓉は同じように沙羅双樹が消えていく榊原の背中を呆然と見つめた。

「こんなに早く花が枯れるとは思わなんだ」

「花？　沙羅双樹の花ではなくて？」

白い可憐な花はすべて床か榊原の皮膚に吸い込まれてしまっていた。

「もっと奥を見なければ」

榊原が空虚な目で沙羅双樹が消えていった床に視線を落とす。

その横顔はもう父になど似ていなかった。

誰でもなかった。

病院にいる患者のひとり。

病の影をうっすらと表情に浮かべて、萎れた花のように病院の待合室や廊下を歩く誰か。

どこかですれ違ったのかもしれない。挨拶ぐらいは交わしたのかもしれない。でも、記憶に残らない誰か。

そして、芙蓉自身もそんな患者たちのひとりの顔をしているのだという自覚があった。

「冬だよ。もう冬だ。ほら、こんなに空気が冷たい。花は枯れ、大地に横たわる。だけど――」

榊原でなくなった誰かが大きく息を吸って、言葉と一緒に吐く。

「だけど、春になればまた芽吹く。今は眠っているだけ」

薬品が混じるにおいの中で、アルコールの刺激臭が強くなる。

芙蓉は目を閉じた。

瞼《まぶた》の裏に、枯れて萎れた花が積み重なっている大地が見えた。

どこまでもどこまでも、地平線の果てまでも花の屍が続いている不気味な風景。

――それが真実だ。

耳の奥に男の声が響いた。

誰の声かわからない。榊原の声にも、父親の声にも、朝比奈の声にも聞こえた。

芙蓉はそっと目を開けて、愕然《がくぜん》とする。

瞼の裏にあった世界が広がっている。現実なのか幻なのか。

芙蓉はしゃがんで萎びた花を手に取った。ちゃんと感触がある。

「これが真実？」

くしゃくしゃになって撚《よ》れた花弁を丁寧に指先で広げる。

フリルのスカートのような赤い花弁。大地に倒れた花を見れば、他に白や紫のものもある。葉の形はギザギザしている。

ポピーやヒナゲシにとても似た花。

だけど、根本的に違う花。

葉の付け根が茎を抱いている。茎がほぼ無毛。

手にした花の正体を知って、反射的に芙蓉は手の中にあるものを地面に叩きつけた。

「ケシ科ケシ属……ソムニフェルム種」

芙蓉の声が震えた。

インドから小アジアにかけての西アジア原産とされる一年草。花弁は通常四枚で、白色、赤色、紫色など様々な色があり、品種改良されたものの中には八重咲きなど多くの品種がある。

医薬品原料としてモルヒネを含有している重要な薬用植物ではあるが、日本では阿片《アヘン》法により栽培等が禁止されている。

そう、この花は阿片芥子《ゲシ》だ。

麻薬の原料になる阿片芥子だ。

ゾワリと背筋を冷たいものが撫《な》でていく。

竦む芙蓉を嘲笑《あざわら》うように生ぬるい風が吹き、横たわった花弁が死んだ蝶《ちょう》の羽のように煽《あお》られて力なく震える。

これは一体どういうこと?

目の前の風景はどういうこと?

芙蓉は再び目を強く閉じる。

鼻をつくアルコール消毒液の刺激に酔うように倒れた。


清潔な廊下に白い壁。

人工的に切り取られた空間。

芙蓉は病院の廊下を歩く。手には色とりどりのガーベラ。お見舞いの花にふさわしい、華やかな花。花言葉も「希望」や「前進」などで、ベッドから出られない患者の心を慰めることができるだろう。

芙蓉は廊下を歩く。

歩き続ける。

どこへ行こうとしているのか芙蓉自身にもわからない。手の中にある花束を誰に届けたらいいのか。

廊下の向こうから朝比奈が歩いてくるのが見えた。

不思議に思ったのは、病院内なのに彼が白衣を着ていないことだった。

シンプルな白いシャツに厚手のカーディガンを羽織り、灰色のウールパンツ。地味な色味の姿は、他の見舞客と変わらない。

仕事終わりかと思ったが、すぐに否定する。

彼は必ず研究室に寄って、そこで白衣を脱ぎ、着替えて関係者出入口から帰宅する。病院棟を私服で歩くことはない。

なら私用で病院棟に用事があるということだ。

一体、病院棟になんの用事が……と訝りながら彼を見つめる。

だが、視線を下げていた朝比奈は、芙蓉に気づかずにすれ違った。

声をかけるタイミングを失い、芙蓉は離れていく朝比奈の背中を見つめる。

遠ざかっていく朝比奈の歩みが止まった。

彼が体の向きを変え、病室のドアノブに手をかける。

——その部屋はだめ！

芙蓉は駆けだした。ドアノブに伸びた朝比奈の手を払うために。

「やめて！」

朝比奈を突き飛ばした。

「ちょ、ちょっと……！」

よろめきながら廊下の壁に背を預けた朝比奈が驚きに目を丸くする。

芙蓉が持っていた花束が廊下に転がり、無残に花弁が散った。

芙蓉は荒い息をしながら、朝比奈が手をかけたドアの横に書かれている入院患者の名前を見て言葉を失う。

そこには『雨宮芙蓉』。

自分の名前が書かれていた。


芙蓉は消毒液のにおいを感じながら目覚める。

部屋は薄暗く、天井に飾り気のない蛍光灯がぼんやりと見えた。

顔を左に向けると、無地のカーテンの向こうがほんのりと明るい。

夜明けか、それとも夕暮れか。

きっと夜明けだ、夜明けが近いのだ。本能的に朝の訪れを感じる。

顔を戻して青暗い天井を虚《うつ》ろに眺めていると、散らばった記憶が少しずつ戻ってきて、視界も頭の中も霧が晴れるようにクリアになっていった。

ここがどこかも、自分がここにいる理由も。

目覚めるのはいつも夜明け前だった。去年もそうだった。今年も同じだ。

自分は一年に一度、芥子が枯れる冬の季節に病から解放されて真実を知る。

安堵すると同時に、落胆もする。

慣れたはずなのに、慣れない。

芙蓉は慎重に体を起こした。深い水の底から上がって来たかのように体が重くてだるい。自分の腕とは思えない重さを感じながら、ぎこちなく顔にかかった髪をのけると、微かに草と土のにおいがした。しかし、すぐに人工的な薬品のにおいが鼻孔に充満する。

肌に触れる空気さえ、ピリピリと刺激される。

どれくらいぼーっと薄汚れた壁を眺めていたのか、カーテンの向こうが透けるように明るくなってきた。

壁の汚れも、シーツの薄いシミも、床の傷も浮かんでくる。

迫りくるような部屋の狭さも。

ベッド一つの簡素な病室。病室よりも独房という言葉が浮かんだ。

だけど自分は自由だ。体が重いだけで、自由だ。……今は。

芙蓉はベッドを降りて、冷たい合皮製のスリッパに足を入れた。部屋に暖房が入っているが床には冷気が漂って、スリッパの中の素足は合皮の冷たさに震える。

一歩、二歩と引きずるようにドアへと進む。

ドアノブに手をかけスライドさせると、冷たい空気と静寂を満たした廊下が目の前に広がった。

芙蓉は迷わずに薄暗い廊下を歩き、階段を上り、父親の名札がかかっているドアの前に辿《たど》り着く。

躊躇《ためら》うことなくドアを開ければ、沙羅双樹ならぬ医療用の管を何本も纏ってベッドに横たわっている老けた父親の姿が目に飛び込んできた。

「お父さん」

そばに寄って声をかけるが、父は石像のように動かない。

微かに動く胸と、心拍計の音が彼の命の息吹を伝える。

ベッド脇にあるサイドテーブルの上に、白い花がガラス瓶に活《い》けてあった。一瞬、沙羅双樹の花かと思ったが、すぐに冬に咲く花ではないと否定した。

これは白い椿の花だ。

自分が活けたのか。そうでなければ、あの男だろう。

一般的に白や青など寂しげな色の花は見舞いに向かないとされている。しかも椿はチューリップと同様に、花がポロリと落ちてしまうことから不吉な感じがすると、見舞いの花としてはタブーというのが一般的だ。

しかし、すべての植物を愛している父は人間が作ったタブーなど、きっと無視する。

長いこと入院している父には、季節の花をできるだけたくさん見せてあげたいと思い、芙蓉が目覚めた時や、朝比奈が時々病室にこうやって活けるのだ。

芙蓉が目覚めた病室とあまり変わりのない狭い個室。

芙蓉は毛布から出ている父親の枯れ木のような腕を優しく擦る。

あまりにも細くて乾いていて、涙が浮かんでくる。

ミイラのようになってしまった顔は、本来の年齢よりもずっと老いて見えた。酸素マスク、点滴、心拍計や血圧計、脳波を測る機械に繋がれている父親の体からは、何本もの管があちこちに伸びている。ジャガイモが土の中で、一生懸命根を伸ばしているようだ。

父親の体から伸びるものが沙羅双樹の枝なら、彼は穏やかに眠り続けていられるのだろうか。

父の毒は深すぎて、冬が来ても、花も葉も根も枯れ果てても消えることがない。ずっとこのベッドの上で、優しい夢の中をたゆたいながら死の底へゆっくりと沈んでいくのだ。

自分はまだ大丈夫。こうやって目覚めた。

涙が音もなく白いシーツに吸い込まれていく。


寝間着の上にロングコートを羽織って中庭に出ると、冷たい空気にぶるっと身が震えた。空はうっすらと明るく、沈みかけの白い月が民家の屋根の隙間から見えた。

桜の樹をはじめ、落葉樹の多い中庭は夏季に比べて三分の一に萎んでしまったように寂しい。

その中で、南東一角にある花壇だけが春を切り取ったように鮮やかだった。シクラメンをはじめ、葉ボタンやプリムラなど冬にも開花する植物が色鮮やかに咲き誇っている。デジャブ。

違う。これは榊原の庭の一部だった。現実と幻想が重なった個所。

ポケットの中に手を突っ込んだまま、少し背中を丸めて寄り添うように咲いているプリムラを見つめる。白、黄、紫、赤と目に痛いほどの明るい色がぼやけたり、はっきりしたりをくり返す。

街が少しずつ目を覚ます。

国立国際医療研究センター病院も目を覚ます。

カーテンが開く窓、漏れてくる音や人の気配。

「雨宮さん」

プリムラがはっきり見え続けるようになった頃、背後から声をかけられた。振り向かなくても、朝比奈だとわかる。

「今日はずいぶん早いね。庭に気になることでも？　その花壇は先週植え替えた――」

振り向いた芙蓉と目が合い、朝比奈が息を飲んだ。

涙は止まったが、目は赤く瞼も少し腫れた顔で朝比奈と見つめ合う。

ほとんど無風だが、冷たい空気が頬を刺す。チクチクとした刺激に、細胞の一つ一つが目覚めていくようだった。

「芙蓉……」

朝比奈が苗字ではなく、名前で呼ぶ。

優しくて残酷な彼の声に、出会った頃のことが鮮やかに蘇《よみがえ》る。止まった涙が再び溢れそうになるのを抑えるために空を見上げた。

「答え合わせをしているのです」

「そっか……」

朝比奈は芙蓉とは反対に地面に目を落とす。

「なんでも質問してくれていいよ」

出勤してコートも脱がずに、窓のカーテンを開けて芙蓉の姿を見つけてやって来たのだろう。白衣姿ではない彼は、少し遠く感じた。だから、無意識に丁寧な言葉になる。

「私の記憶……今、覚えている限りでは三人の患者を助けたらしいのだけれど」

朝比奈が深くうなずく。

「一人目は春先。義父を愛した女子高校生を助けた。彼女が義父を殺し、自害しようとしたのを止めた。二人目は流産の辛い記憶を抱える母親と息子たち。三人目は死ぬ間際に過去の栄光を夢見た老女。芙蓉の助言のお陰で、彼らを救えた……と思っている」

朝比奈は顔を上げ、芙蓉は顔を下げる。

再び、ふたりの視線が合う。

ボタニカル病。

植物が人間に寄生する奇病。

世界でも症例はまだ少なく、医療従事者でさえ知っているものはわずか。

人間を侵蝕《しんしょく》する植物の存在にいち早く気づいた父は言った。

植物は優しい。

どこまでも優しい。

植物が寄生するのは、失くした隙間を埋めるためだと。

植物はなにも言わない。なにも言わずに、そっと寄り添うだけ。

時期が来れば茎を伸ばし、太陽に向かって葉を広げ、子孫を残すために花弁を広げる。

その過程には複雑な工程がいくつもあるのだが、植物たちは単純に見せかけて、なにも難しいことはないのだと肩を叩いてくれる。

ボタニカル病を助ける立場である芙蓉自身がボタニカル病である、ということは芙蓉自身と朝比奈しか知らない極秘事項だ。

芙蓉の体に起こっていることも。

「体調や気分はどう？　ここは寒いから、病室……が嫌なら僕の研究室でコーヒーでも」

芙蓉は静かに首を横に振った。

「家に帰りたい」

朝比奈は一瞬泣きそうに顔を歪めてから、視線を落としてうなずいた。

懐かしい門には蔓草や雑草が絡みつき、主人である芙蓉を素直に迎えてはくれなかった。無理に力ずくで門を開けば、手には錆《さび》がつき不快な金属臭を放つ。

家のドアは開錠すればすぐに開いたが、中は想像以上にひどいありさまだった。芙蓉は靴を脱がずに家の中に入っていく。

廊下のフローリングは傷んで一歩進むごとに悲鳴を上げる。壁には埃《ほこり》とカビが摩訶《まか》不思議な模様を描いていた。

そのままリビングへ進む。

バリ島のヴィラなどによくある四方を壁で囲わない造りで、庭に面した壁は全面ガラス張りになっている。その一部が割れていて、そこから入り込んできたであろう土や虫、種子によって、リビングと庭は記憶にあるよりもずっと一体化していた。

そのうちタ・プローム遺跡のように樹木に侵蝕され、飲み込まれてしまうかもしれない。朽ちた家はやがて土に還り、植物たちに取り込まれて蘇る。

ここで小森《こもり》夫人と会話した記憶がある。これは朝比奈から夫人の様子を聞いて、芙蓉の脳内で描き出したものだ。

まだ家に住んでいた頃、庭と一体化したリビングは、まるで外で食事をしているかのような心地よさがあった。古き良き子ども時代。懐かしくて優しい思い出だ。

芙蓉はガラス扉を開けて庭に出た。

真っ先に飛び込んでくる樹齢百年のオリーブの樹。

「おまえはまだここにいたのね」

季節のせいか、葉が少なくなり寂しげに見える。

芙蓉は太い根に腰を下ろし、枝葉の隙間から空を眺める。

こうしていると、幼い頃に築いた王国を思い出す。

芙蓉の心を満たした、想像の国。

もしかしたら、その頃から病に侵されていたのかもしれない。

植物と心を通わせることができるのも、体の中に巣くっている植物の――ボタニカル病の産物の一部である可能性がある。

芙蓉は膝を抱えた。

厚手のコートを着ていても、冷気は器用にすり抜けて体温を奪おうとする。

だけどここはやはり自分にとっての王国のままで、寒さも忘れて落ち着き開放された気分になる。

そっと目を閉じて、自分に巣くっている植物を感じる。

空と大地、地平線しか見えない風景。

今は枯れ果てて土をさらけ出している地面も、命の源を隠し持っている。春になれば芽吹き、茎は伸び、やがて色とりどりの花を咲かす。

芙蓉の世界を埋め尽くすように、どこまでもどこまでも咲き広がっていく。

フリルのような薄い花弁。

ギザギザの葉。

ポピーにも似ているが、見た目のように可愛い花ではない。

咲き誇るのは芥子。

それも阿片芥子。

人を地獄に落とす麻薬にもなれば、人を助ける医療にはかかせない麻酔にもなる花。

地獄に落ちた人間と、救われた人間、どちらが多いのだろう。

不毛な疑問に目の奥が熱くなる。

自分はどっちだろう?

病室のベッドに横たわった、枯れ木のような父の姿が心に浮かぶ。

芙蓉と同じ、阿片芥子に寄生された患者《ちち》。

父は治療を拒んだ。自ら植物に寄生されているほうがボタニカル病の研究ができるから。

ボタニカル病患者の気持ち、患者に巣くう植物の気持ちが。

寄生された植物により病状は様々だ。

阿片芥子は寄生主を甘やかす。どこまでも甘やかす。そうすることで、自分を駆除しようとする気が起きないようにするのだ。

ボタニカル病患者の気配を感じられる。

ボタニカル病患者の植物を感じられる。

だから父はこの奇病にいち早く対応できたし、いくつかの薬を作ることもできた。

そしてなにより、植物が体ではなく心に寄生すると解明した。

何人もの患者を救っただろう。救えなかった患者もいただろう。そんな父も、今では阿片毒に侵されて、屍のように横たわるだけの患者だ。救えなかった患者への後悔も、研究が頓挫した無念も表情にはなく、海底に沈む貝のように深く静かに眠っているだけ。

いつか自分もそうなるのだろう。

五年後か、十年後か、二十年後かはわからないが。

芙蓉は患者として国立国際医療研究センター病院に入院し、ボタニカル病のデータを取られながら、彼に協力する。

父がそうしていたように。

芙蓉は立ち上がり、オリーブの樹を抱きしめるように両腕を広げて、そっと額を当てた。

ゴツリとした硬さを感じたところから、じんわりと温かさが広がっていく。

今はまだ、春から秋の季節を病院の中庭の手入れをしたり、依頼があった植物の診断をしたりと、かろうじて樹木医として暮らしている日もある。

朝比奈から患者と疑われる人の話を聞けば、実際に会ってボタニカル病かを診断したり、寄生した植物の知識を教えたり、そこから患者の心理を推測したりする。

自分はまだ、朝比奈のパートナーとして生きている。

「でも……」

去年よりも、眠っている時間が長くなっている気がする。

たぶん、そうなのだろう。年々、春から秋の本物の記憶が少なくなっている。

そのうち冬しか目覚めなくなり、やがては冬も目覚めなくなる。

「いつまで役に立てるかしらね……」

基本的に治療にあたるのは朝比奈だ。

たとえば義父に恋をし、殺人と自殺を犯そうとした瑠香《るか》を助けた件。

瑠香の企《たくら》みを感知したのは芙蓉だが、実際に話をしたり、行方不明になった彼女を見つけたのは朝比奈だ。

だけど、夜の公園で瑠香と話した記憶がある。それは病が作り出した幻だと、今はわかるけれど。恋してはいけない相手に恋をした彼女と語り合ったのは、朝比奈の報告に自分の心情が混ぜ合わさった結果生まれた記憶《まぼろし》なのだ。

朝比奈の話《げんじつ》と自分の願望《ゆめ》を混ぜ合わせて幸福な幻想を作り出す。

それが阿片芥子に寄生された者の幸福と不幸。

すべては紙一重。

この王国だって芙蓉を守る砦《とりで》なのか、外に出ていかないように囲い込む檻《おり》なのかわからない。

芙蓉は望まない。

自分に寄生している阿片芥子を消すことを。

だから完治はできない。

芙蓉は目を開けた。

寒空に狂い咲いた桜の花弁がどこからか飛んできた。

春が来れば、自分はまた阿片芥子に支配され、都合のよい優しい夢の中で過ごすのだ。

幼い頃、庭の王国で過ごしたように。

どこまでが幻想でどこまでが現実か、芙蓉は寂しくなった庭を眺めながら仕分けしていく。

国立国際医療研究センター病院の中庭と実家の手入れをしたのは現実だった。

ふよふよと夢遊病患者のように病室を抜け出して、植物と対話していたのだ。

それは樹木医としての本能に近い。

だとしたら、朝比奈の仕事は……。

涙が一粒零れる。

だめなのだ。

この気持ちを表に出しては。

「芙蓉」

朝比奈が名を呼び、芙蓉は振り返る。

午前の診察を終えた朝比奈が芙蓉の様子を見に来た。

左薬指に銀色の光。


父が朝比奈と協力して、この奇病に取り組んだのはいつの頃だったか。

少なくとも芙蓉が中学生の時には、父と一緒に研究センター病院に出入りしていた。朝比奈と出会ったのもこの時だ。

まだ研究者になりたての若い朝比奈は野心に溢れ、それでも物腰が柔らかく、父が信頼を置いている彼に芙蓉は好意を持った。最初はビジネス的な繋がりだけであったが、そのうち自分の病を知る歳の離れた兄のような存在になった。

そして、父を理解してくれる仲間、同胞。

いつ恋慕の情が芽生えたのかは不明だ。

いや、本当に恋慕なのか。

都合のよい夢と辛い現実を、行ったり来たりしているのだ。この情だって、夢の一部かもしれない。

だから、たとえ彼の指に指輪がなくとも、この気持ちを伝えることはできない。

一年の四分の三は忘れてしまう感情だ。

そもそも人を愛することなんてできるのだろうか。

自分は、母を殺した罪人なのに。

人殺しなのに。


「どうしてママは植物とお話ができないの？」

幼い芙蓉が無邪気に問う。母親の表情が凍ったのにも気づかずに、摘んできた白いバラを得意げに渡した。

「今日が一番きれいに咲いたの。ママにあげる」

「……ありがとう。とてもきれいね」

ベッドに横になったまま、母親は細く白い腕を伸ばして芙蓉の頭を優しく撫でた。

母親に感謝されて芙蓉の気分は高揚する。

「花瓶に入れてくるから。ちょっと待っていてね」

母親は一年前から体を壊して、ほとんどベッドから出てこられない。けれど、芙蓉は幸せだった。

父と母が争うことがなくなった。

それに毎日、母が家にいてくれる。以前のように仕事に行っている間、寂しい思いをしなくてよくなった。

お手伝いしなければならないことは増えたが、そんなこと気にならないほど今の家は心地よい。

ずっと家にいてくれる母親、一緒に料理や掃除、庭の手入れをする父親に挟まれて、芙蓉はこれ以上ない幸せを感じていた。


自分が他の子とは違うことには薄々気づいていた。

他の子は植物と会話したりしない。虫を好きになったりしない。

そのことが母親の心を痛めていることも、幼いながらも感じていた。

――ママはわたしを恥ずかしいと思っている。

芙蓉の胸に重たく揺れるしこりだった。

父親とも植物ともなんの隔たりもなく意思疎通ができるのに、母親だけが異質だった。

幼い芙蓉にはそれが不思議で不思議で仕方がなかった。

なんでママは植物の気持ちがわからないんだろう？

そんな無邪気な疑問が、母親の心を追い詰めていたと知らずに、芙蓉はなんども尋ねた。

ただ不思議だったのだ。植物の心を理解できない母親が。それだけだったのに——。

——どうして保育園を辞めさせるの！

——あの子は特殊だ。クラスメイトから浮いている。いじめに発展するかもしれない。

——決めつけないで！　同じ年の子どもと触れ合うのは大切な経験よ。

また、父親と母親が言い争っている。

芙蓉は両手で耳を塞ぎ、布団の中で丸くなる。

カタツムリのようになって、すべてを遮断しようとするのに、こんな時に限って耳は敏感になる。

聞きたくない両親の険しい声が、容赦なく耳に押し入ってくる。

——逆よ。たくさんの人に、価値観に触れさせなければ。狭い世界に押し込めてはいけない。だいたい、植物の気持ちがわかるなんて迷い事。

——雨宮家の者はみなこうなのだ。

——そんなの妄想か願望が見せる幻想でしょう！

母は言ってはいけないことを口にした。

それは父と芙蓉と雨宮家の血を引いた者たちを否定する言葉だったから。

——あなたは経験から植物の気持ちがわかるのかもしれないけれど、それをあたかも超能力みたいな特別な力のように言わないで。子どもはすぐに信じるのよ。サンタクロースを信じたり、イマジナリーフレンドを持ったりするように。

父の顔が凍って砕けた。

決定的な瞬間だった。

だけど母を責めることはできない。

「常識」では、その通りなのだ。植物と心を通い合わせるなんてありえないのだ。夫の奇行も、娘の奇行も耐えられなかっただろう。

阿片芥子を心に宿していない母だけがはみ出し者だった。

芙蓉も母親の言うことが理解できない。ヒステリックに父親と自分が共有している世界を否定するモンスターのようだった。

「常識」で考えれば、母だけが正常だった。

そんな母を、芙蓉は父と一緒に追い詰めて殺したのだ。

理解できない夫と娘。夫は仕事に夢中で、興味があるのは植物ばかり。そんな夫に懐く娘の姿。

母は体を壊して仕事を辞めた。そして、心を壊して生きるのを止めた。

人は人の間で生きていく。だから「人間」なのだ。

もっと、たくさんの人と触れ合わなければ、と母は言っていた。

幼い頃にはわからなかったが、今は母の気持ちがわかる。母をどれだけ傷つけてきたのかも。

——人と植物の間に立って生きてきたのが雨宮家の者だ。

父はこう反論していた。

雨宮家の血が受け継ぐものだと。

母はそれに決別という自由を注ごうとしていた。

母は正しい。

父も正しい。

ただ自分は、父の正しさを選んだのだ。

阿片芥子とともに生きていく覚悟を。

父と娘を理解できない自分を責め続け、雪が解けるように亡くなっていった母に対するせめてもの罪の償い。

自分は恋をしない。しても実ることはない。だから、ここで阿片芥子を受け継いできた血は途絶える。

それでいい。

それでいいのだ。

憂いがあるとするなら、自分が阿片芥子に飲み込まれた後、ボタニカル病の研究はどうなるかということだ。

朝比奈にはボタニカル病の病人を区別する術《すべ》がない。それどころか、植物の知識だってほとんどない。

しかし、しばらくはそんな心配は無用だ。

芙蓉は自分を慰めるように、コートの前立てを摑《つか》んで自分自身を抱きしめた。

まだ自分はボタニカル病から覚めない。

いや、一生病から覚めないのだから、枯れ木のような父の姿になるまでの二、三十年は朝比奈の力になれるはずだ。

春が来れば、自分は透明になる。彼の幸せの邪魔をしないように、透明な存在になってただ見守っていく。

幼い芙蓉は父に手を引かれて、庭のオリーブの樹の前に立つ。

父は握っていた芙蓉の手をそっと解くと、ポケットから小さな包みを出して根元にしゃがみ込んだ。

芙蓉も父に倣《なら》って隣にしゃがみ、興味深そうに包みを見る。

武骨で大きな手が少し震えながら、か弱い花を扱うよう丁寧に包みを開くと、中からスプーン一匙《さじ》分ほどの白い砂利のようなものが現れた。

手の震えで崩れてしまうそれは、切なくなるほど軽い。

父は木の根元の小さな虚《うろ》にそれを注ぎ、蓋をするように周りの土をかぶせた。

「誰しも普通とは違うなにかを持っているのかもしれない」

父が土を盛りながら呟く。

「植物は優しい。どこまでも優しい。なにも言わずにただ寄り添ってくれる。その優しさに甘えすぎてしまった。人間はどこまでも人間だ。たとえ社会から弾《はじ》き出されても、人は人としてしか生きられない」

最後にトントンと盛った土を押さえるように軽く叩き、父はスッと立ち上がった。

「断ち切ろう」

父はオリーブの樹を見上げて、宣言するかのように怖いほど真剣な表情で言った。

「パパ？」

芙蓉の声に、父は表情を緩めた。

「芙蓉はなにも心配しなくていい。協力してくれる人が見つかりそうなんだ。だからもう心配はない。芙蓉は自由になれるよ。パパが絶対にそうする」

父は腰を折って芙蓉の頭を撫でる。

「ただ、忙しくなるから、少し芙蓉には寂しい思いをさせてしまうかもしれない。我慢してくれるかい？」

「パパはどこかに行っちゃうの？」

芙蓉が涙を浮かべる。

母を亡くしたばかりだというのに、父までどこかに行ってしまうのかと思うと、小さな芙蓉の胸は不安と悲しみで粉々になってしまいそうだ。

「どこにも行かないよ。もしかしたら少しの間、お留守番させてしまうかもしれない。でも、ちゃんと芙蓉のもとへ帰って来る」

父はしゃがんだままの芙蓉の脇に手を入れ、力強く抱き上げた。

「パパの願いは二つだけ。いいかい、覚えておくんだよ」

赤ん坊のように芙蓉を抱き、優しく背を擦りながら言う。

「一つは芙蓉が幸せになること。自分の思うように自由に生きること」

芙蓉が小首を傾げる姿に、父が小さく笑う。

「難しい言い方だったかな。とにかく幸せになってね、ってことだよ」

「うん」

芙蓉がうなずくと、いい子だと父は娘の頭に頰ずりした。

「二つ目は……」

つむじ風が吹いて、庭の植物たちが騒ぎ出す。

砂埃が目に入らぬよう、ギュッと目を閉じた芙蓉の耳に父の声が風と一緒に響く。

「パパが死んだ時は、骨の一部をママと同じ場所、ここに埋めておくれ」


テレビでは桜前線について、若い女性天気予報士がパネルを用いて予測を立てていた。

「今年は去年よりも早いのか」

朝比奈はコーヒーを淹れながら、天気予報士の声に耳を傾ける。

宴会好きの同僚から、さっそく花見のお誘いメールが来ていて苦笑した。

コーヒーカップを手にして窓の下を見れば、芙蓉が朝も早くから花壇の手入れをしているではないか。

凍えるような寒さは去っていったとはいえ、朝晩はまだまだ冷える三月初旬。

「仕事熱心なことで」

朝比奈は一口しか飲んでいないカップをデスクに置いて部屋を出た。

中庭に出て、ゆっくりと近づきながら声をかける。

「芙蓉」

「は？」

スコップを手にしたまま、芙蓉は眉間に深いしわを寄せて振り返った。

「なんです、それ？　馴《な》れ馴れしく呼ばないでいただけます？　セクハラですか？」

胸をナイフで刺されたような衝撃に、朝比奈の足が止まった。

「……ごめん。冗談が過ぎた」

終わってしまったのだなと、朝比奈は心の中で大きく落胆のため息をつき、胸にじんわりと澱《おり》が溜《た》まっていく。

「つまらない冗談はハラスメントですよ」

芙蓉がすげなく言い放って作業を再開する。朝比奈は首を竦めて、しばらくは作業に没頭する芙蓉の姿を眺めていた。

ふいに、芙蓉が手を止めた。

「父は今頃、どこにいるんでしょうね。仕事中毒もたいがいにして、たまには一人娘のご機嫌をうかがっても罰は当たらないと思うのに」

「……寂しい？」

「寂しいって歳じゃないですけど、やっぱり心配じゃないですか。まあ、便りがないのはいい便りってことでしょうけど。家族を顧みず仕事に奔走。母が生きていたら離婚されていたかも。朝比奈さんも気をつけたほうがいいですよ。年から年中、研究所に入り浸って。奥さんに愛想つかされても知りませんから」

朝比奈が思い切り肩を竦める。

「女性からの貴重なご忠告ありがとう。しっかり胸に刻んでおくよ」

おちゃらけた口調で言いながら、左手をそっと目の前にあげる。

芙蓉が迷わないように、誰とも繋がっていない銀色の指輪を左手の薬指に嵌《は》めたのは何年前だったか。

芙蓉と出会った頃を思い出す。

彼女はまだ中学生だった。

父親とは自分が大学生の時から会っていたが、正式にボタニカル病の研究パートナーとして、国からの予算もおりて研究が認められたのは研修医を卒業してからのことだ。

ボタニカル病患者であり、その最前線の研究者でもある芙蓉の父が娘を連れてきた日のことは忘れられない。

自分をまっすぐに見つめる少女。

彼女の瞳からは、信用していいのかという猜疑《さいぎ》心《しん》と、自分たちが異端であるという覚悟が見て取れた。

その強い瞳に心を奪われた。

芙蓉ちゃんと呼びかけたら、ちゃん付けなんて子どもっぽい呼び方しないでください、とクレームを入れられた。中学生なんて、完全に子どもなのに。

仕方なしに「雨宮さん」と呼んだら父親も振り返った。

バツが悪そうに芙蓉がうつむく。

「ニックネームとかないの？」

そう尋ねれば、きまり悪そうに視線をそらして、小さな声で教えてくれた。

「……ふよりん」

「ふよりん!?」

悪いとは思ったが、つい噴き出してしまった。

「なんかクラゲみたいに頼りないね」

芙蓉が口を尖《とが》らす。

「芙蓉でいい。芙蓉って呼んで」

「ああ、わかった。ありがとう、芙蓉」

雨宮氏だけでなく、この少女を助けたい。そう強く思った。

植物と心を通い合わせる不思議な少女。強い瞳を持つ少女。

やがて彼女は高校生になり、二十歳を迎え大人になった。

いつからだろう、無心に植物の世話をする彼女の背中を見て、まるで嫁に出す父親のような寂寥感、あるいは嫉妬を感じるようになったのは。

同時に、彼女からも自分と同じような熱を持った視線を感じるようになったのは。


遠くからそっと見守る愛の形もあるのだ。

たとえば植物のように。

なにも言わず、なにもせずに。

そっと見守るだけの愛が。

もし彼女の病が完治した時、自分はもうおじさんを通り越して老人になっているだろう。

自分への戒めとボタニカル病を解明してやるという覚悟の指輪。

朝比奈にとっては誓いの枷《かせ》の指輪。

芙蓉は先ほどまでの剣呑《けんのん》な雰囲気をさっさと脱ぎ棄《す》てて、目の間にある植物に没頭している。

彼女はもう阿片芥子が作り出す優しい世界にいるのだ。

ここの患者として生きながら、穏やかに幻想にたゆたいながら生きる。

自分の研究に手を貸しながら。

愛しさが溢れ出す。だけど、それを感じさせてはいけない。

目頭が熱くなって、朝比奈は踵を返した。


足の踏み場もないほど隙間なく花が咲き誇っている。

フリルを描く薄い花弁は生暖かい風に揺れ、地平線まで続く。

「なんて気味の悪い花畑……」

ぽろりと言葉が零れた。

美しいはずの景色なのに、どこか空気が禍々《まがまが》しい。

頭上にはペンキを塗りたくったような青空が広がり、天上というよりも壁のような感じがして、閉塞感に小さく身震いした。

なぜ、自分はこんなうす気味の悪い場所にいるのだろう。

辺りを見回しても誰もいない。

空と花しかない世界で、呆然と立ち尽くす。

どちらに向かって歩いていけばいいのか。

いや、そもそも歩く必要があるのだろうか。

「でも、一生ここに立っているわけにもいかない」

自分を鼓舞するように口にして、一歩足を前に出すと、新たに踏みつぶされた花から青臭くて少し苦みのあるにおいが立ち昇ってくる。

ツンと刺激的な香りは鼻孔を通り過ぎると、なんとも甘く心地よいものに変化し、二歩目を踏み出そうとする足が止まってしまう。

酩酊《めいてい》したようにぐらりと体が揺れ、あっと思う間もなく体が倒れた。

柔らかい花弁に、ふんわりと包まれる。

それがなんとも心地よい。

さっきまで肌を撫でていた不快な風も、いつの間にか清風に変わっていた。

花以外には空しかない寂しい世界にゆっくりと溶けていく。

再び幸せな幻覚《ゆめ》に溶けていく。

終

解説

朝宮運河《あさみやうんが》

本書『パラサイトグリーン　ある樹木医の記録』は、有間カオルが二〇一六年に一迅社《いちじんしゃ》より上梓した植物的《ボタニカル》幻想ミステリー『ボタニカル』に、加筆修正を施したうえで文庫化したものだ。四つの物語からなる連作短編集であると同時に、全編に共通する大きなストーリーも用意されていて、長編ミステリーとしての面も兼ね備えている。

主人公・雨宮芙蓉《あまみやふよう》は、植物の医者である樹木医として働く二十七歳の女性。同じく樹木医だった芙蓉の父が、「俺たちは代々植物に食わせてもらっていたんだ」と語るように、雨宮家は代々、植物を深い関わりをもってきた。

彼女の自宅の庭兼仕事場には、樹齢百年に近いオリーブの樹がそびえ、沈丁花《ジンチョウゲ》や雪柳《ユキヤナギ》などの花が色をつけている。仕事のため長期間海外に行っている父との思い出が染みついているその庭は、芙蓉にとっていわば秘密の王国だ。

類稀《たぐいまれ》なる植物のエキスパートである芙蓉が、国立国際医療研究センター病院の心療内科医・朝比奈《あさひ》匡助《なきょうすけ》と力を合わせ、植物が人間に寄生するという世にも珍しい病気「寄生植物病（通称・ボタニカル病）」にまつわるさまざまな事件を解決してゆく、というのが連作の基本パターンである。

民間の樹木医である芙蓉が、医療の現場に携わっているのは他でもない。彼女には植物の声を聴くことができるという、特殊な力があるからだ。一般にはその存在が隠されており、現代の科学をもってしても分からないことだらけのボタニカル病。その治療や研究には、芙蓉の存在が必要なのである。

では芙蓉と朝比奈は、どんなボタニカル病患者と向き合うのだろう。ここからは各話の内容に沿って解説を進めていこう。ストーリーの根幹にあたる部分はもちろん伏せておくつもりだが、予備知識なく作品に触れたいという方は少々ご注意いただきたい。

四編の収録作はそれぞれ春夏秋冬、異なるシーズンを舞台にしている。冒頭に置かれた「春ノ章　花咲ける病」では、温かい春の日の午後、朝比奈から紹介を受けたという女性・小森《こもり》が芙蓉を訪ねてくる。小森夫人は、口から白い花を吐き出す十七歳の娘・瑠香《るか》のことで悩んでいた。

まさにボタニカル病の症状と判断した芙蓉は、すぐに小森家を訪問し、はかなげな雰囲気をたたえた美少女、瑠香と対面する。芙蓉の目の前でも白い梅の花を吐き出してみせた瑠香は、病気の治療を望まない、と口にした。瑠香にとって白い梅の花は慰めであり、家族の幸せな思い出とも結びついたものなのだ。「この家の中は嘘《うそ》だらけ」「私も嘘だらけ」と寂しげに話す瑠香の胸中には、どんな思いが秘められているのか——。

朝比奈の研究室に顔を出した芙蓉は、瑠香のケースについて話し合う。もともと父の仕事のパートナーであった朝比奈は、ひとまわり年下の芙蓉にとっても、軽口をたたき合えるような間柄だ。どちらかというと科学的・常識的なスタンスをとる朝比奈と、患者や植物の気持ちに着目する芙蓉。二人がさまざまな意見を出し合うことで、患者を取りまく状況が整理され、疑問点がクリアになってくる。

いまだ謎に包まれたボタニカル病だが、どうやらその症状は患者の心理状態と、深い関わりがあるらしい。つまり病状を見極めることは、患者の心の謎を解き明かすことに繋《つな》がるのだ。こうした卓抜な設定を用いることで、本連作はミステリーと人間ドラマの顔を併せもつことになった。

しかもボタニカル病を引き起こす植物もさまざまなら、その病状も千差万別。それぞれ毛色の異なる四つのケースを、芙蓉が植物にまつわる専門知識（たとえば「春ノ章」ならば梅の花弁の数が手がかりになる）を利用して解決に導いてゆくあたりは、いわゆる〝お仕事小説〟としての面白さもある。

作者がどこまで事前に計算していたかは分からないが、ボタニカル病という架空の病は、連作ミステリーを成立させるうえで、極めて効果的な設定だったといえるだろう。

続く「夏ノ章　透ける花の想い」では、夏の公園で仕事をしていた芙蓉が、青柳晶《あおやぎあきら》という小さな男の子に出会う。晶からはボタニカル病を思わせる、ツンという青い匂いがした。どうやら彼は雨に濡《ぬ》れると花弁が透明になる、山荷葉《サンカヨウ》に寄生されているらしい。雨の日によく迷子になるという晶に悩まされている母親は、晶には目に見えない友だち、いわゆるイマジナリーフレンドがいるようだと話す。その少し前、芙蓉は晶とよく似た男の子が、雨の中で姿を消す場面を目撃していた。はたしてイマジナリーフレンドもボタニカル病にかかるのだろうか？

研究室を訪ねてきた青柳親子の話を、手分けして聞くことになった芙蓉と青柳。「お化け」のような向日葵《ヒマワリ》が咲いている花壇で、晶は雨の日に現れる「お友だち」の正体について、意外な事実を口にする。

春夏二つのエピソードを読み比べてみたところで、本連作の特色をいくつか挙げることができると思う。

ひとつにはミステリーとしての構成の巧さだ。序盤近くにインパクトのあるシーンを置き、それぞれのボタニカル病の症状を印象づけたうえで、芙蓉とゲストキャラクターの会話によって、読者を不思議な世界へと誘《いざな》っていく。物語後半にはそれぞれどんでん返しともいえる展開が用意されており、それまで見えていなかった真実が、くっきり浮かびあがるという作品構造になっている。本連作は読者に知恵比べを挑むタイプの本格ミステリーではないが、驚きと納得に満ちたストーリーテリングは、ミステリーファンにも満足のいくものだろう。

もうひとつの特徴は、作品全体を覆う濃密な幻想性である。「春ノ章」における口から花を吐く美少女と、「オフィーリア」を連想させる水と死。「夏ノ章」における男の子の消失と、雨に濡れたガラスのような花弁。超自然的な現象を背景にして描かれるこれらのイメージは、いずれも濃密な幻想性をたたえており、読者を魅了せずにはおかない。本書はファンタジー小説としても、十分な読み応えを備えているのだ。

そして本書のファンタジー性は、いうまでもなく植物のもつ神秘性に由来している。「命は不思議だ。どこまでも不思議だ。やがてすべて科学で説明できる日が来るかもしれないが、まだまだ先は遠い」というのは、「夏ノ章」にある朝比奈の述懐だが、これは著者自身の思いとも重なるものだろう。本書には季節ごとにさまざまな顔を見せる植物たちへの深い関心と、畏敬の念が滲《にじ》んでいるのだ。

思い返してみれば神話や伝説の時代から、人類は植物を愛し、そこに幻想的なイメージを重ねてきた。死後美しい花に生まれ変わったという、ギリシア神話のヒュアキントスやナルキッソスしかり。世界を巨大な樹木に見立てた北欧神話のユグドラシルしかり。わが国の神話にも桜の花の美しさを表したという木花咲耶姫《このはなさくやびめ》を筆頭に、植物にまつわる神々は多数登場するし、「かぐや姫」や「ジャックと豆の木」など、植物の神秘性を背景にした昔話・童話も枚挙にいとまがない。

近代以降のファンタジー小説でも、J・R・R・トールキンの『指輪物語』をはじめとして、植物をめぐる幻想譚は書き継がれてきた。現代の日本作家では『野ばら』『超少年《ちょうしょうねん》』の長野《ながの》まゆみ、『裏庭』『家守奇譚《いえもりきたん》』の梨木香歩《なしきかほ》あたりがその代表格だろう。あるいは怪奇幻想小説のファンならば、毒の庭園で育てられた娘が登場するナサニエル・ホーソンの「ラパチーニの娘」、妖魔めいた柳の襲来を描いたアルジャーノン・ブラックウッドの「柳」、人間の意識が植物に近づいていくジョン・コリアの「みどりの想《おも》い」といったボタニカル怪談の名作を連想するかもしれない。

いずれにせよある種の作家たちにとって、花や草、森や庭は尽きせぬイメージの源泉となってきたのである。そして本書は紛れもなく、こうしたボタニカルファンタジーの系譜に位置づけられるべき優れた作品だ。

有間カオルは本書単行本刊行後も、家族関係や結婚など客が抱えるさまざまな悩みを植物療法士《フィトセラピスト》の青年が解決していく『迷える羊の森 フィトセピスト花宮《はなみや》の不思議なカルテ』(メディアワークス文庫、二〇一九年)、公園内の植物園を舞台にしたハートフルなミステリー『青い花の下には謎が埋まっている　四季島《しきしま》植物園のしずかな事件簿』（宝島社文庫、二〇二〇年）と、本書とも一脈通じる作品を相次いで発表している。

本書はそうした著者のボタニカル幻想がもっともダイレクトに、鮮やかなイメージとともに表現された作品とみなすこともできるだろう。

三話目の「秋ノ章　最後の花の宴」は、山中をドライブしていた芙蓉がカーナビの故障のため道に迷い、大きなお屋敷に辿《たど》り着くという物語。ひとり暮らしの老女、檜山《ひやま》キヨ子に迎え入れられた芙蓉は、さまざまな植物が茂ったその屋敷の庭で、開花を控えた竜舌蘭《リュウゼツラン》を見つける。

百年に一度花を咲かせるとされ、センチュリー・プラントとも呼ばれる竜舌蘭の開花を見届けるため、芙蓉はしばらくキヨ子の家に滞在することを決意するのだった。

時を忘れるほど、心穏やかで楽しい檜山家の日々。電話の向こうで朝比奈が「なにかおかしいと、違和感があったら注意するんだ」「気を付けるんだよ。……もうすぐ冬が来るからね」との警告を発するが、静かな屋敷には何の危険も感じられない。離れて暮らしていたキヨ子の子や孫たちが続々と到着し、ついに竜舌蘭の開花の時がやってくる。

人里離れた日本家屋を舞台にした「秋ノ章」は、透き通るような美しさと、かすかな怖さがブレンドされた幻想ミステリーの力作だ。日常に潜むささやかな違和感と、それに気づかない芙蓉の対比がサスペンスを生み出しており、収録作中もっとも〈ホラー×ミステリ文庫〉のレーベル名にふさわしい一編になっている。人の世の不思議さをあらためて浮かびあがらせる、鮮やかなラストシーンも印象的だ。

さて、「秋ノ章」まで読み進めていくと、ボタニカル病の特徴が明らかになってくる。人間に寄生する植物は、患者を一方的に苦しめたり、衰弱させたりするばかりではなく、患者と共生関係を保っていることも多いのだ。あるいは辛《つら》い現実に押しつぶされそうな人間たちの切なる願いがボタニカル病となって現れた、と見ることもできるかもしれない。

だからこそ芙蓉も朝比奈も、無理に病巣を取り除くようなことはしない。患者の願いを理解したうえで、患者や家族の生活に支障が出ない解決策を探るのである。喪失感や悲しみを抱えた人びとへの共感を滲ませた本連作は、ミステリーであると同時に、セラピーの物語であるともいえる。

「冬ノ章　多幸感とその大小を与える花」は、そうした本書の〝優しさ〟がもっとも感じられる一編だ。この作品に登場する患者は、冬蔦《フユヅタ》が這《は》いステンドグラスがはめ込まれたモダンな木造家屋に住む老人、榊原宗助《さかきばらそうすけ》。親戚とも医療関係者とも一切顔を合わせずに暮らしている彼は、なぜか芙蓉の面会の申し出だけは受け入れてくれた。

宗助の家を訪ねた芙蓉が目にしたのは、沙羅双樹《サラソウジュ》に寄生された宗助の姿。しかし宗助は「治す必要はないんだ」と口にする。ボタニカル病と患者の関係をあらためて問い直すかのような宗助の言葉は、芙蓉にさまざまなことを考えさせるのだった。

連作の締めくくりにあたるこの章では、芙蓉の身辺にも静かな変化が訪れる。と同時に、四季を通した物語のあちこちに埋めこまれていた手がかりが繋がり、隠されていたもうひとつの物語が静かに浮上することになるのだ。

それがどんなものであるか、この場で詳しく語ることはできないが、数ある有間作品の中でも一、二を争うほど大胆かつ、サプライズに満ちた仕掛けであることだけはお伝えしておこう。意外な真相を見届けた読者は、作者の鮮やかなストーリーテリングに舌を巻くとともに、静かな悲しみに打たれることになるだろう。そして芙蓉や朝比奈のことが、これまで以上に愛らしく思えているに違いない。

「植物は優しい。どこまでも優しい。何も言わずにいつでもそっと寄り添ってくれる」。これは芙蓉の父が口にする作中の台詞だが、本書もまた「どこまでも優しい」物語である。数奇な運命に翻弄される者たちの姿を描いた本書は、悪意ではなく優しさによって動かされているからこそ、いっそう切ないともいえるのだ。

本書で初めて有間カオルに出会ったという読者のために、簡単に著者プロフィールを紹介しておこう。

有間カオルは東京都出身。二〇〇九年『太陽のあくび』で第十六回電撃小説大賞・メデイアワークス文庫賞を受賞し、作家デビューを果たした（『［映］アムリタ』の野崎《のざき》まどと同時デビュー）。同作は新種の夏ミカン作りに打ち込む人びとの姿を、東京のテレビ通販会社のバイヤーの視点を交えながら描いた、清新なエンターテインメント長編だった。以後、出身レーベルであるメディアワークス文庫を中心に『死神と桜ドライブ』（二〇一〇年）、『魔法使いのハーブティー』（二〇一三年）などの作品を発表。化け猫たちが住みついた神社を舞台にしたファンタジー作品「招き猫神社のテンテコ舞いな日々」シリーズ（二〇一四年～）は人気を博し、八街潤《やちまたじゅん》によってコミカライズもされている。

　そのほか、東京の下町・山谷《さんや》のゲストハウスの賑《にぎ》やかな人間模様を描いた「ゲストハウスわすれな荘」シリーズ（ハルキ文庫、二〇一四年～）や、『気まぐれ食堂　神様がくれた休日《なつやすみ》』（創元推理文庫、二〇一八年）など、ドラマ性豊かなエンターテインメントをコンスタントに執筆している。

　花街《はなまち》・四谷《よつや》荒木《あらき》町に迷いこんだ青年の奇妙な一夜を描いた『荒木町奇譚』（ハルキ文庫、二〇一八年）や、錬金術師の世界を日常と地続きの世界観で描いた『アルケミストの不思議な家』（メディアワークス文庫、二〇一八年）あたりは、ホラー・ファンタジー系の読者におすすめだ。もちろん先述した『迷える羊の森』『青い花の下には秘密が埋まっている』の二冊も、本書を気に入った方ならきっと楽しめるはずである。

　二〇一五年、作者は本の情報誌『ダ・ヴィンチ』のインタビューに答え、自作について次のように述べている（聞き手は河村道子《かわむらみちこ》氏）。

「人と人が一緒にいれば傷つけ合うこともあるけれど、ほんのちょっとの思いやりから花開く関係性だってある。そういうのって、実は日常的にぽこぽこ生まれているものだと私は思っているんです。そして、その〝ぽこっ〟が、次を生きるための奇跡に繋がることもあるのではないかと」（『ダ・ヴィンチ』二〇一五年九月号）

これは『招き猫神社のテンテコ舞いな日々2』の刊行に際してのインタビューだが、ここに見られる「生きるための奇跡」というフレーズこそ、有間作品を読み解く鍵ではないだろうか。人と人が出会うことで生まれる、一度きりの奇跡。ミステリーであれファンタジーであれ、有間カオルが一貫して描いてきたのは、人生にふと訪れる大小さまざまの奇跡に他ならないのだ。

人と人、そして人と植物の密《ひそ》やかな関係に目を注いだ本書にしても、もちろん事情は同じである。四季折々の自然描写とともに、繊細な手つきでこの世界の不思議を掬《すく》いとったこの物語は、何かと心安まらない現実を生きる私たちに、幸せな読書時間を与えてくれる。

無数の花々に彩られた美しい物語を、どうかじっくり味わっていただきたい。

fHM futami HORROR × MYSTERY

作品に関するご意見、ご感想等は
東京都千代田区神田三崎町 2-18-11
fHM文庫編集部まで

本作品は『ボタニカル』（一迅社）を改題・改稿した作品です。

パラサイトグリーン
――ある樹木医《じゅもくい》の記録《きろく》

2021年8月20日　初版発行

著者 …………………… 有間《ありま》カオル

発行所 …………………… 二見書房
東京都千代田区神田三崎町 2-18-11
電話　03-3515-2311（営業）
　　　03-3515-2313（編集）
振替　00170-4-2639
印刷 …………………… 株式会社堀内印刷所
製本 …………………… 株式会社村上製本所

乱丁・落丁本はお取り替えいたします。
定価はカバーに表示してあります。

ISBN978-4-576-21112-1　　https://www.futami.co.jp

ふたりかくれんぼ

最東対地 もの久保〔装画〕

息を止めると目の前に現れる少女・マキ。彼女に誘われるまま、その手を握ると、廃墟ばかりの「島」で目覚めてしまう。なぜか彼女を救わないといけないという強い責任感に駆られ、彼女の手を引くボク。異形の者たちが潜む「島」を奔走するが、そのたびに異形の者たちに惨殺され、元の世界に戻されてしまう。果たして、マキを救うことはできるのか――